Sabine Grimm

Rittergeschichten

zum Vor- und Selbstlesen

Kinder, hört Euch Märchen an,
es ist mehr als ein Funke
Wahrheit dran.

Herstellung und Verlag:
BoD - Books on Demand; Norderstedt

ISBN 9783735779434
Illustrationen s/w und farbig

Copyright (2014)
Alle Rechte beim Autor
Cover by Sabine Grimm

Vorwort

Liebe kleine und große Märchenfreunde!

Die Märchenfiguren, die Euch in diesem Buch begegnen, sind bei der Rauschenburg in Olfen, im Münsterland, zu Hause. Edelfrauen und Ritter werden um die schon viele Jahrhunderte wildromantisch, wie verwunschen daliegende Schlossruine lebendig. Das lange Zeit leer stehende und im Dornröschenschlaf befindliche Schloss, mit seiner bewegten Geschichte als prächtige Residenz für manchen Adeligen, bot durch Lage, Architektur und Historie, genau die Kulisse für den Schauplatz, an dem sich die Comtesse Charlotte und Ritter Valentin, als er noch Page am Hof war, begegnet sind.

Wie fast alle alten Burgen und mittelalterliche Ruinen, ist auch die Rauschenburg an der Lippe ein sichtbares Zeugnis vergangener Epochen mit historischer Bedeutung.

Die Römer waren in der Zeit von 11 bis 7 vor Christus im heutigen Olfen unterwegs und kontrollierten den Flussübergang über den Lippefluss, eine wichtige logistische Landmarke der römischen Eroberer, deren Schutz die Rauschenburg seit ihres Bestehens mit übernahm. Seit dem Hochmittelalter bis in die Neuzeit gehörte die im 11. Jh. erstmals erwähnte Rauschenburg zum Hochstift Münster und befand sich im sog. Hexenkessel des westfälischen Vierländerecks, in dem die Interessen von vier Landesherren aufeinanderprallten, die der Bischöfe von Münster, der Grafen von der Mark, der Grafen von Dortmund und der Bischöfe von Köln, die über das Vest Recklinghausen herrschten.

Im 14. Jh. n. Chr. war der Bischof von Münster in die Grafschaft Mark eingefallen und fügte der märkischen Umgebung u. a. durch Brandschatzungen sehr großen Schaden zu. Die Angreifer wurden von den märkischen Rittern zurückgetrieben und bei der Rauschenburg an der Lippe geschlagen. Ritter führten damals ein sehr stressiges Leben. Immer wieder kam es zu heftigen Unruhen. Auch im 16. Jh. ließ eine

Fehde die Gegend um die Rauschenburg zum Schauplatz feindlicher Zusammenstöße werden und den Boden um die Burg erzittern.

Auf diesem historischen Fleckchen Erde, wo einst die Ritter von der Rauschenburg herrschten, hat man heute die Möglichkeit, sich eine gemütliche Kaffeepause mit einem frischen Stück Kuchen zu gönnen, im Hofladen der Familie Tenkhoff, die schon seit Generationen an der Rauschenburg beheimatet ist. Heute steht die Rauschenburg nicht mehr für Ritterkriege, sondern für Spargel und Erdbeeren. Ihr Name ist jetzt mit dem beliebten, dort angebauten Rauschenburger Spargel und den Rauschenburger Erdbeeren verbunden. In den ehemaligen Wirtschaftsgebäuden der Burg befindet sich der Spargelhof Tenkhoff. Während der Spargelzeit hat man im dortigen Hofladen die Möglichkeit, sich neben umfassendem Gemüse, Brot, Eiern und Wurstwaren, täglich auch mit leckerem, frischem Spargel, und während der Erntezeit mit frischen, fruchtigen Erdbeeren einzudecken. Es gibt dort alles, was zum Einkaufen auf dem Bauernhof dazu gehört. Auch ein guter Tropfen Wein wäre nicht zu verachten, der dort zum Genuss erworben werden kann. Wenn der Spargel wächst und als erster kulinarischer Frühlingsgruß von den Feldern rund um die Rauschenburg geerntet wird, lädt Stefanie Tenkhoff zum beliebten Spargel-Event in ganz besonderem Flair ein. Denn dann heißt es wieder: Gala-Dinner und Spargel-Buffet an verschiedenen Tagen, zu dem auch die frisch geernteten Rauschenburger Erdbeeren u. a. für die Dessert-Variationen gereicht werden. Infos und Karten gibt es zur eröffneten Spargelzeit im Hofladen Tenkhoff.

Was aber geschieht, wenn die Phantasie von Zeit zu Zeit in geheimnisvollen Bildern durch längst vergangene Welten erhabener Orte streift, und wenn alte Schlösser und Burgen uns ferne, unbekannte Zeiten und phantastische Persönlichkeiten offenbaren?

Die Rauschenburg ist einer dieser magischen Orte. Man muss nur ganz genau hinschauen, dem Wind lauschen und dabei seiner Phantasie freien Lauf lassen.

Rauschenburg 1908

Der dritte Ritter
und der verborgene Schatz

Es war einmal eine große Burg. Sie hatte den Namen Buddenburg und lag direkt neben dem Fluss Lippe. In der Burg wohnte ein reicher, angesehener Baron mit seiner Familie. Der Baron war Ritter im Zeichen der drei silbernen Ringe und bei allen Menschen sehr berühmt. Er war ein Edelmann, der für die Sorgen und Nöte der Bauern, die seine Ländereien bewirtschafteten, immer ein offenes Ohr hatte. Seine drei Söhne waren jeweils zwei Jahre auseinander und so grundverschieden, wie man unterschiedlicher kaum sein konnte. Der älteste, Viktor, war der mutigste, er war sehr temperamentvoll, impulsiv, hatte überall etwas mitzureden und präsentierte sich als der geborene Anführer. Beim zweiten Sohn, Vincenz, zeigte sich dieser Eifer schon etwas verhaltener, und der dritte und jüngste Sohn, Valentin, war von äußerst sanftem Gemüt. Die Brüder mochten sich, doch ihren Eigenarten entsprechend, kam es dennoch häufig zu

Rivalitätskämpfen. Von Haus aus ging es gerecht zu, und die Eltern bevorzugten keinen von ihnen. Doch Valentin fühlte sich seinen Brüdern, die ihm gegenüber regelmäßig als Anführer auftraten, meistens unterlegen. Oft machten sie sich lustig über ihn, wenn er sich lieber der Literatur und Musik zuwandte, oder in der Natur den Vögeln und deren Gesang lauschte, während sie sich auf dem Burghof in der Schwertführung übten, um einmal angesehene Ritter, wie ihr Vater einer war, zu werden. Dazu verwendeten sie ungefährliche Schwerter aus dünnem Holz, deren Nutzung der Baron ihnen genehmigte.

Als er sieben Jahre war, wurde der Älteste als Page zu einer nahen Ritterburg, die auch am Lippefluss lag, geschickt. Graf Theodor von der Rauschenburg lebte dort mit seiner Tochter Charlotte, der Dogge Gilda und zahlreichem Personal. Seine Frau war bei der Geburt des einzigen Kindes gestorben und Charlotte wuchs ohne Mutter auf. Sie hatte eine Kinderfrau, die sich um das Wohlergehen des Mädchens kümmerte. Graf Theodor, der wie der Baron von der Buddenburg dem Ritterorden der drei silbernen

Ringe angehörte, trug eine große Verantwortung, denn er bildete die heranwachsenden Edelknaben zu echten Rittern aus. Ihm gehörten zahlreiche Ländereien, und er sorgte dafür, dass seine Bauern die Felder bestellten und abernteten, die Wiesen mähten, die Wälder rodeten und die Gegend um die Rauschenburg pflegten und hegten.

Auf der Rauschenburg sollte Viktor nun Kraft und Geschicklichkeit erwerben. Er lernte dort das Reiten und Schießen mit der Armbrust und übte den Gebrauch von Schwert, Lanze und Schild. Auch die höfischen Sitten wurden ihm beigebracht, und das Singen und Spielen der Lyra. Seine Geschicklichkeit im Wettkampf war besser, als die im Zupfen der Leier. Auch Singen mochte er nicht gern und übte sich lieber im Kräftemessen auf dem Burghof.

Zwei Jahre später folgte ihm sein jüngerer Bruder auf die Rauschenburg, um sich ebenso ausbilden zu lassen. Wie sein Bruder Viktor bevorzugte auch Vincenz es, draußen auf dem Burghof mit den anderen Knappen Ritter zu üben. Er und sein Bruder trainierten viel. Als ihr jüngster Bruder auf die Rauschenburg kam, um seine Ausbildung anzutreten, waren beide bereits hervorragend in der Schwertführung und gefürchtete Wettkampfgegner. Als er vierzehn Jahre war, wurde der Älteste zum Knappen befördert. Es war ein Etappenschritt zum ersehnten Ziel, einmal ein großer Ritter zu werden. Auf der Rauschenburg richtete man ein großes Fest aus, zu dem auch der Baron, Ritter der drei Ringe von der Buddenburg mit seiner Gemahlin erschien, um dem ältesten Sohn an seinem Ehrentag beizustehen. Es war ein besonders feierlicher Moment, als Ritter Theodor von der Rauschenburg Viktor sein eigenes Kurzschwert übergab. Sein Bruder Vincenz sah dabei zu und träumte davon, schon bald an der Stelle seines älteren Bruders zu stehen. Nur der Jüngste wäre lieber im Park geblieben, um dort an seiner Laute zu zupfen und der schönen Comtesse Charlotte beim Spaziergang mit ihrem Hund zuzusehen. Manchmal sang sie mit ihrer glockenhellen Stimme, die er besonders gern hörte, ein Lied. Sie inspirierte ihn dazu, sich Melodien einfallen zu lassen, die er dann auf der

Laute spielte. Schon manches Mal war Charlotte zu ihm gekommen, hatte sein Lautenspiel bewundert und die Klänge mit ihrer Stimme begleitet, was ihn sehr stolz machte.

„Du wirst auch eines Tages dort oben stehen, mein lieber Sohn.", sagte sein Vater zu ihm und zeigte auf das Podest, auf dem sein ältester Bruder nun mit seinem eigenen Schwert stand. Valentin nickte. Dabei dachte er, dass er niemals ein guter Ritter sein würde. Von seinen Brüdern hatte er gelernt, dass es immer andere gab, die besser waren, als er es je sein könnte. Wahrscheinlich würde er deswegen auch niemals Erfolg bei der zauberhaften Comtesse haben, dachte er traurig.

Der älteste Bruder war nun ein Knappe und wurde weiter ausgebildet. Er musste seinem Ritter Dienst tun. Sein führender Ritter war Ritter Kunibert, der auch unter dem Namen Ritter Unverzagt bekannt war. Denn nichts und niemand konnte ihn bezwingen und in die Flucht schlagen. Viktor hatte nun Ritter Kuniberts Schwert zu tragen und ihm dabei zu helfen, die schwere Ritterrüstung anzulegen oder sie wieder abzunehmen. Es war seine Aufgabe, die Waffen zu pflegen und sich um die Pferde zu kümmern.

Als er vierzehn war, wurde auch Vincenz Knappe, was ebenfalls bei einer großen Festlichkeit besiegelt wurde. Die stolzen Eltern waren von der Buddenburg angereist und gratulierten ihrem zweitältesten Sohn zum eigenen Schwert. Sein führender Ritter, dem er zu folgen hatte, hieß Ritter Edelbert. Dieser galt als ein edler Mann, der den Eindruck machte, als ob er kein Wässerchen trüben könnte. Er war jedoch ein exzellenter Führer des Schwertes, mit dem er schon so manchen Feind besiegt, oder in die Flucht geschlagen hatte. Neben den üblichen Aufgaben, die die Knappen für ihre führenden Ritter zu erledigen hatten, trafen sie sich regelmäßig zu spielerischen Wettkämpfen auf dem Burghof. Hierbei hatten Vincenz und Viktor die Gelegenheit, wie in Kindheitstagen, ihre Kräfte miteinander zu messen. Wie Viktor wurde auch Vincenz immer geschickter und besser in der Führung seines Schwertes.

Als ihr jüngster Bruder mit vierzehn Jahren zum Knappen befördert wurde, waren seine Brüder bereits hervorragende Schwertführer und Wettkämpfer. Auch die Lanze konnten sie geschickt führen. Ritter Theodor von der Rauschenburg übergab Valentin sein erstes eigenes Schwert. Der traute sich kaum, es festzuhalten. Niemals würde er ein guter Ritter werden, davon war er überzeugt. Seine Eltern waren zu seinem großen Tag von der Buddenburg angereist, gratulierten ihm zu seinem ersten eigenen Schwert und ermutigten ihn, tapfer weiterzumachen. Auch seine beiden Brüder wünschten ihm viel Erfolg auf seinem Weg zum Ritter und boten sich ihm an, dass er sich mit ihnen in der Kampftechnik übte.

Valentin jedoch hätte lieber sein Examen im Lautespiel und Singen gemacht, als sich auf dem Burghof von Gegnern besiegen zu lassen, sei es im Spiel, oder wenn es einmal erst würde, im Kampf. Sein Ritter, dem er folgte, war Ritter Gyneomar, der auch als tollkühner Ritter Gynni bekannt war. Ritter Gyneomar war besonders furchtlos, draufgängerisch und wagemutig. Manch einer sagte ihm auch List nach. Valentin, der glaubte, dass ritterliche Charakterzüge nicht in seinem Blut lägen, tat sich schwer damit, seiner Bestimmung zu folgen. Das Verhältnis zu seinem Ritter Gyneomar war deshalb gespalten. Dieser glaubte, dass Valentin nicht alles gab, was er sollte und konnte. Darum bestrafte Gyneomar in schon mal, indem er ihn im Schlamm Gleichgewichtsübungen mit dem Schwert machen ließ. Oft fiel Valentin dabei in den Matsch. Die anderen Knappen fanden das sehr belustigend und lachten über ihn. Seine Brüder machten dabei keine Ausnahme. Valentin war traurig und wütend zugleich, doch er konnte sich nicht dagegen wehren.

So vergingen die Jahre. Die drei Brüder wurden älter und reifer. An der Waffe waren die beiden älteren von Jahr zu Jahr perfekter geworden. Auch Valentin hatte Fortschritte gemacht, konnte sich aber keineswegs mit seinen Brüdern messen.

Als Viktor 21 Jahre alt wurde, dauerte es nicht mehr lange, dass er nach seiner erfolgreichen Dienstzeit als Knappe mit vier andere Knappen, von Ritter Theodor von der Rauschenburg mit der Schwertklinge zum Ritter geschlagen wurde. An diesem besonderen Sommertag war viel los auf der Rauschenburg. Die Banner wehten und Fanfaren schmetterten weit ins Land, um von dem freudigen Ereignis zu künden. Das zusammengelaufene Volk staute sich vor dem Burgtor, um seine Aufwartung zu machen und am Festakt teil zu haben. Die Knappen empfingen in der Kirche das Gelübde und erlangten durch die Zeremonie des Ritterschlags die Ritterwürde. Ritter Theodor von der Rauschenburg legte Viktor noch einmal ans Herz, die Tugenden wie Ergebenheit und Treue, den Großmut, die Freigiebigkeit und das Sprechen der Wahrheit zu befolgen. Auch maßvolles und besonnenes Handeln und das stetige und beharrliche Verfolgen seiner Ziele forderte er von Viktor, der vor ihm auf dem Boden kniete.

„Trete immer wohlerzogen auf und betrage dich gegenüber den Frauen ehrerbietig und maßvoll.

Schütze und verteidige die Armen, Schwachen, Witwen und Weisen, und achte ältere Personen. Übe dich in Demut und führe ein selbstbeherrschtes Leben. Denn nur, wer in allen Lebenslagen Milde und Zucht bewahrt, erstreitet sich die innere Tugend."

Als echter Ritter, der Viktor nun war, brachten die Knappen ihm seine eigene Rüstung. Alle neuen Ritter wurden bei einem rauschenden Fest auf der Rauschenburg gefeiert. Danach ging Viktor auf seine elterliche Buddenburg, die er einmal übernehmen sollte, zurück und war von nun an ein angesehener Edelmann und der Stolz der Familie.

Zwei Jahre später folgte ihm Vincenz auf diesem Weg. Bei der gleichen feierlichen Zeremonie schlug Ritter Theodor von der Rauschenburg ihn mit der Schwertleite zum Ritter der drei silbernen Ringe. Auch Vincenz verließ als edler Ritter die Rauschenburg und zog heim auf die Buddenburg.

Zu dieser Zeit hatte Valentin das neunzehnte Lebensjahr erreicht. Seine Neigung zu kämpferischen Handlungen war weiterhin ablehnend. Sein Verhältnis zu seinem auszubildenden Ritter Gyneomar hatte sich inzwischen gebessert. Denn er hatte erkannt, dass der tollkühne Ritter es gut mit ihm meinte. Er führte ihn gerne mal durch Durststrecken und Engpässe zum verdienten Erfolg. So hatte man sich auf diese Weise arrangiert. Valentins große Leidenschaft aber galt immer noch der Musik, in die er sein ganzes Herzblut steckte. Er komponierte zahlreiche Melodien, wenn er die Zeit dazu fand. Die anderen Knappen fanden, dass er sich lieber im Kampfe üben sollte und nahmen seine Kunst nicht sehr ernst. Auch die Ritter empfahlen ihm, sein Augenmerk eher auf die Kampftechniken zu richten, als auf musische Dinge, die zwar auch wünschenswert, jedoch nicht das wichtigste für einen guten Ritter seien. Die Damen bei Hofe hörten ihm dagegen begeistert zu und sein liebster weiblicher Fan war die Tochter des Hauses, die bezaubernde Charlotte, die mittlerweile achtzehn geworden war.

Charlotte war sehr schön und anmutig, was bei den Edelmännern sehr beliebt war. Auch seinen Brüdern war die Schönheit der Comtesse nicht entgangen, denn In letzter Zeit ließen sie sich immer häufiger auf der Rauschenburg blicken, um dort an Ritterspielen oder Banketts teilzunehmen. Es war Valentin nicht entgangen, dass sie regelmäßig die liebliche Charlotte im Blick hatten und versuchten, sie zu beeindrucken. Er spürte tief in sich, dass ihm das nicht gefiel. Es war ein leichter, aber hoffnungsvoller Schmerz in seiner Brust, der ihn fühlen ließ, dass da etwas in ihm vorging, was er sich nicht erklären konnte. Seit einiger Zeit hatte er, wenn er Charlotte begegnete und sie freundlich lächeln sah, ein eigenartiges Gefühl in der Brust, hinter der sein Herz vor Aufregung wild hämmerte. Am schlimmsten war es für ihn, wenn er sah, dass Charlotte seine Brüder anlächelte. Merkte sie denn nicht, dass die um sie warben? Sie jedoch ließ sich nichts anmerken, so als sei sie völlig unvoreingenommen. Valentin war sehr eifersüchtig. Er erkannte, dass er sich in Charlotte verliebt hatte. Doch Charlotte liebte nur seine Musik.

Eines Tages ging Charlotte mit ihrer Hündin durch die Lippewiesen spazieren. Gilda erschnüffelte viele Stellen in der Landschaft und entdeckte dabei viel. Oft sprang sie in den Fluss und apportierte Stöckchen, die Charlotte ihr ins Wasser warf. Auf einmal brachte Gilda nicht das Stöckchen zurück. Es war ein glitschiger, klebriger Gegenstand, den sie vor Charlottes Füßen ins Gras fallen lies. Verwundert betrachtete die den seltsam geformten Gegenstand. Ihre Neugier trieb sie dazu, ihn aufzuheben. Das nasse Teil war ein verschmutzter alter Lederbeutel, dessen harter Inhalt von einer Schnur gehalten wurde. Mit Mühe und etwas umständlich versuchte Charlotte das Band zu öffnen. Es ließ sich kaum lockern. Ihre Finger schmerzten nach einiger Zeit. Sie stieg zum Fluss hinab und rieb das Band an einem Stein. Endlich öffnete sich der Beutel, gab ein Tuch frei, und Goldstücke quollen daraus hervor. Verwundert ließ Charlotte ein paar der goldenen Münzen durch ihre Finger gleiten. Gab es etwa noch mehr davon? War in der Nähe ein Schatz vergraben? Könnte es tatsächlich sein, dass ihre Gilda einen Schatz entdeckt hatte?

„Gilda, zeig mir, wo du das gefunden hast", rief sie und hielt der Dogge den Beutel vor die Nase. Gilda sprang ins Wasser und schwamm bis zu der Stelle, wo sie den Beutel aufgespürt hatte. In dem Bereich der Lippeauen wechselten sich Inseln und Sandbänke, flache und steile Ufer und Uferausbuchtungen ab. Gilda schwamm zu einer kleinen Erhebung, die aus dem Fluss ragte. Sie kletterte aus dem Wasser auf den Sandhügel, scharrte wild und wartete auf ihr Frauchen. Doch Charlotte kam nicht. Gilda bellte und suchte nach ihr, doch Frauchen war nicht mehr zu sehen.

Wo war Charlotte? Alle machten sich große Sorgen, denn Gilda war allein nach Hause gekommen. Lange hatte sie vergebens nach der Fährte ihres Frauchens gesucht. Graf Theodor von der Rauschenburg nahm an, dass seine Tochter entführt wurde, entweder zu Pferd oder mit einem Boot über den Fluss. So war es kein Wunder, dass Gilda keine Witterung aufnehmen konnte. Er schickte alle Ritter aus, die ihm zur Verfügung standen, um seine Tochter aufzufinden. Mutig rückten sie mit Lanze, Schwert und Schild an, um der Herausforderung zu begegnen und Comtesse Charlotte zu retten. Dem Finder versprach der Graf seine Tochter zur Frau und Ländereien dazu. Die Ritter landesweit kamen in Scharen, um die Schöne zu suchen. Sie ritten verstreut über die Lippeauen und fanden von ihr keine Spur.

Der Tag der Sonnenwende war gekommen, als der mittlerweile 21jährige Valentin zum Ritter geschlagen wurde. Die Burg war fast leer. Die Ritter waren ausgeschwärmt, um Charlotte zu finden. Wie gern wäre er selbst Retter seiner Angebeteten geworden, doch er stand schon eine geschlagene halbe Stunde fast reglos da, während zwei Knappen ihm seine Ritterrüstung anlegten. Er fühlte sich aufgehalten und auf verlorenem Posten. Es dauerte noch eine geschlagene halbe Stunde, bis er die Rüstung endlich am Körper trug. Sie war aus blankpoliertem Metall mit kleinen Verzierungen und schwer zu tragen. Schon ohne Bewegung trat ihm der Schweiß aus den Poren hervor. In seiner schweren Rüstung bestieg er dann sein Pferd und ritt mit fünf anderen Knappen, die ebenfalls ihre neuen Rüstungen trugen, zur Kirche. Dort waren wegen der Suche nach der Comtesse nur wenige anwesend. Der Priester, Graf Theodor von der Rauschenburg und die Familien der sechs Knappen, waren die einzigen Beteiligten der Zeremonie. Das übliche Ritterfest war wegen der tragischen Umstände abgesagt worden.

Valentin und die anderen fünf Knappen knieten vor dem Altar, um den Segen zu empfangen. Der Priester segnete sie und auch ihre Waffen. Danach trat Graf Theodor von der Rauschenburg zu Valentin, schlug ihn mit dem Schwert auf die rechte Schulter und sprach: „Valentin, dein Schwert ist nun gesegnet und du bist ein Ritter geworden. Denke immer an die ritterliche Ehre und vergiss niemals, was du ab jetzt darstellst!"

Nach dem Gelübde und der Zeremonie, verließen alle unter Glockengeläut und Fanfarenklängen die Kirche und kehrten unter Anteilnahme und Jubel der Bevölkerung zur Rauschenburg zurück. Dort war alles still, denn das Hoffest fiel aus. Valentin verabschiedete sich von seinen Eltern. Obwohl er sich am liebsten sofort auf die Suche nach Charlotte gemacht hätte, um keine Zeit zu verlieren, ließ er sich von seinem Knappen zuerst die Ritterrüstung ausziehen. Denn ihm war klar, dass er, wenn er damit in den Fluss fiele, wie ein Stein untergehen würde. Aus seiner Rüstung endlich befreit, fühlte er sich erleichtert und schwang sich auf sein Pferd. Ohne Begleitung seines Knappen, dem er das Säubern der Ritterrüstung überließ, machte er sich auf zur Buddenburg, in der Hoffnung dort seine Brüder zu treffen, um durch sie erhoffte Neuigkeiten über Charlotte zu erfahren.

Vincenz kam zu Pferd von der Suche nach Comtesse Charlotte nach Hause. Er ritt auf die elterliche Buddenburg zu, als er von weitem seinen älteren Bruder Viktor erblickte. Viktor stieg in der Lippeaue hinter der Burg von seinem Pferd, ließ es dort stehen und ging allein weiter. Vincenz beobachtete ihn aufmerksam, war neugierig und wollte wissen, warum sein Bruder das Pferd stehenließ, um sich allein davonzumachen.

Er band sein Pferd an einem Busch fest und ließ es ebenfalls zurück, um Viktor unauffällig zu folgen. Er sah, wie der am steilen Lippeufer einige von oben herabwachsende Pflanzen beiseite schob und einen Zugang freilegte. Vincenz rieb sich die Augen und glaubte nicht richtig zu sehen. Viktor war plötzlich verschwunden. Vincenz konnte sich nicht erklären, wo er geblieben war. Er ging in die Richtung, wo er Viktor zuletzt gesehen hatte und kam zu einem Eingang, der in einen Gang führte, den er niemals zuvor gesehen hatte. Darin war Viktor verschwunden. Vorsichtig tastete Vincenz sich in dem schmalen Gang, in dem er aufrecht laufen konnte, vorwärts. Plötzlich vernahm er die Stimme seines Bruders. Sie hallte dumpf durch den Gang: „Endlich habe ich dich gefunden, holde Schöne! Hab keine Angst, ich hole dich jetzt hier heraus."

Vincenz staunte nicht schlecht, als Viktor mit Charlotte auf seinen Armen im schummrigen Gang auf ihn zukam. Verdutzt fragte er ihn: „Wo war sie? Wie hast du sie gefunden?"

„Frag nicht so neugierig. Ich habe genauso gesucht, wie du auch und war eben der Erste, der sie gefunden hat."

Während Viktor Charlotte nach draußen brachte, ging Vincenz den Höhlengang weiter entlang und kam zu einem Raum, in dem sich offenbar die Comtesse aufgehalten hatte, denn dort stand ein Krug mit Wasser neben Speiseresten und mehreren Decken und Kissen. Die Sachen sahen sauber aus und konnten noch nicht sehr lange dort gelegen haben. Schon oft hatte Vincenz von dem geheimen Gang unter Schloss Buddenburg gehört. Doch obwohl er und seine Brüder schon als Kinder fieberhaft danach gesucht hatten, war er ihnen verborgen geblieben. Nur Viktor nicht, musste er nun feststellen. War er doch gezielt auf den Eingang des geheimen Ganges hinzugelaufen. Hatte er etwa gewusst, was er dort vorfinden würde?

Die Rettung der Comtesse aus den Händen ihres Entführers sollte groß gefeiert werden. Charlotte berichtete, dass sie am Tag ihrer Entführung von hinten überfallen und auf ein Pferd gehoben wurde. Bevor man ihr Mund und Augen verband, erkannte sie in ihrem Entführer einen Mann mit schwarzer Maske. Sie erzählte von dem gefundenen Beutel mit den Goldmünzen, der ihr bei der Entführung zu Boden gefallen war.

Nach der Befreiung seiner Tochter ließ Graf Theodor von der Rauschenburg nach dem Goldfund suchen, doch man fand nur noch den leeren Beutel. Offenbar hatten Spaziergänger, oder gar der Mann mit der Maske, der seine Tochter entführte, die Münzen mitgenommen. Auch nach einem möglichen Herkunftsort des Münzschatzes wurde geforscht. Dabei kamen noch mehrere weitere Beutel mit wertvollem Inhalt zum Vorschein. Sie wurden an einer Inselkante im Fluss, nahe der Rauschenburg, gefunden. Man vermutete, dass das Gold von reichen Kaufleuten stammte, und dass es in der Vergangenheit dort entweder angespült oder versteckt wurde. In den früheren Zeiten war es ein übliches Risiko, dass reiche Kaufleute ihre Schiffe durch den Fluss führten und dabei von Raubrittern überfallen wurden.

Valentin erreichte zu Pferd die elterliche Buddenburg. Weder seine Eltern, noch seine Brüder waren anwesend. Er überlegte, ob er warten solle, oder was sonst zu tun sei und blickte über die Lippeauen. In der Ferne erblickte er ein weißes Tuch, das an einem Busch hing und im leichten Winde wehte. Neugierig geworden, lenkte er sein Pferd zur Lippewiese und stieg ab. Er schritt auf den Busch zu. Je näher er dem Tuch kam, desto klarer konnte er erkennen, dass sich hinter dem Busch eine Öffnung befand. Sein Gedanke war, hier musste erst kürzlich jemand gegangen sein, denn einige Zweige waren abgeknickt und gebrochen. Valentin ergriff das Tuch und nahm es mit sich. Es war ein weißes Spitzentaschentuch. Bei näherer Betrachtung erkannte er die Initialen von Charlotte. Er steckte das Tuch in seine Tasche. Dann kletterte er durch das Gebüsch in den dunklen Schacht hinein und befand sich mitten in einem schummrigen Gang, dessen Sicht sich nur von dem wenigen Licht nährte, das von außen hereindrang. Im weiteren Verlauf wurde der Stollen immer düsterer. In diesem Geheimgang suchte Valentin fieberhaft nach Charlotte und fand sie nicht. Ein finsterer Raum mit abgebrannten Kerzen, Decken, Kissen und Essensresten zeigte ihm aber, dass sie hier gewesen sein musste. Auf der Suche nach ihr ging er noch ein Stück des Ganges weiter und entdeckte einen weiteren Raum, in dem eine aus altem Holz gefertigte Kiste stand. An der Wand hingen Teppiche und Lederhäute. Auf dem Boden lagen zahlreiche Lederbeutel mit Goldmünzen und Silberschalen mit Schmuck und Diamanten. Überall standen Teppichballen und Amphoren herum. Manche der Vasen waren mit Gold und Silber gefüllt. Valentin rüttelte an der Kiste und wollte sie an sich ziehen. Sie war unheimlich schwer. Er mühte sich ab und bewegte sie ein kleines Stück von der Wand weg. Dabei splitterte das morsche Holz. Jetzt fiel ihm auf, dass in der Wand hinter der Kiste Steine fehlten. Gespannt blickte er durch das kleine Loch, das sich ihm bot und sah direkt in den Weinkeller der Buddenburg hinein. Hier war er also, der geheime Gang, von dem er als Kind schon so viel gehört hatte. Er lag nun tatsächlich vor ihm. Wie oft hatte er ihn mit seinen Brüdern gesucht und nicht gefunden.

Valentin war einem großen Geheimnis auf die Spur gekommen. Man erzählte sich, dass der Geheimgang der Buddenburg im Mittelalter, als die Ritterfehden noch an der Tagesordnung waren, ein Fluchtweg für die Burgbewohner war, um Gefahren zu entkommen. Er war aber auch eine Möglichkeit, heimlich in die Burg zu gelangen, was auch für ungebetene Gäste galt. Deshalb hatte man den Gang irgendwann zugemauert, und mit der Zeit war seine Lage in Vergessenheit geraten. Nur seine Existenz spukte noch in den Köpfen der Menschen herum. Valentin begriff, dass er neben dem Geheimgang einen Umschlagplatz von Schmugglern entdeckt hatte, die dort ihre gestohlene Beute aufbewahrten. Er fragte sich, ob der Lagerplatz noch genutzt wurde, oder schon Jahrhunderte alt und vergessen war. Immerhin lag überall dicker Staub, der Einstieg in den Geheimgang war ziemlich von Gestrüpp überwuchert, und es schien, als würde er wenig genutzt. Da er Charlotte nirgendwo entdecken konnte, beschloss er, zur Rauschenburg zurückzureiten, um ihrem Vater ihr Taschentuch zu überbringen und sich auf die Suche nach ihr zu machen. Die Erforschung der Holzkiste und alles Gold und Silber waren ihm nicht so wichtig, wie die Suche nach Charlotte.

Buddenburg an der Lippe

Charlotte war froh, gerettet und wieder zuhause zu sein. Um ihre Heimkehr zu feiern, ließ ihr Vater ein Fest ausrufen. Ein dreitägiges Hoffest mit Armbrustschießen, Ritterspielen, Jagd und lustigen Prunkgelagen nahm seinen Lauf. Graf Theodor von der Rauschenburg war überglücklich, seine Tochter wohlbehalten wieder zu haben. Viktor von der Buddenburg, Ritter der drei silbernen Ringe, war auf dem Weg zum Grafen, um die Comtesse, die er zurückgebracht hatte, zu seiner Ehefrau zu beanspruchen. Auf dem Burghof begegnete er Vincenz. Der stellte ihn zur Rede: „Was ist, wenn ich sage, dass ich der erste war, der sie gefunden hat?" fragte er seinen älteren Bruder.

„Wieso solltest du das tun? Es wäre eine Lüge, denn du weißt, dass ich es war, der die Comtesse gerettet hat", antwortete Viktor verständnislos.

Vincenz mutmaßte: „Du hattest sie wahrscheinlich auch entführt, denn das Versteck kanntest nur du allein."

„Wage es nicht, mir das zu unterstellen", verbat sich Viktor und zog drohend sein Schwert gegen den Bruder.

Vincenz griff nach seinem eigenen Schwert und ein wildes Duell zwischen den beiden Brüdern nahm seinen Anfang.

Nun traf auch Valentin in der Rauschenburg ein. Er ritt durch das offene Tor in den Burghof und sah seine beiden Brüder kämpfen. Irgendwie schien es diesmal kein Spaß zu sein, hatte er den Eindruck. Graf Theodor von der Rauschenburg unterbrach die beiden Streithähne strikt und verbat ihnen, sich an einem Freudentag wie diesem, auf seinem Burghof Streitereien hinzugeben. Es blieb ihnen gar nichts anderes übrig, als der unmissverständlichen Aufforderung des Burgherrn, der sein Hausrecht einforderte, nachzukommen. Schließlich waren sie als Ritter ihrem Herrn Gchorsam schuldig. Die beiden ließen voneinander ab und warteten, was weiter geschehen würde. Die Festgesellschaft hatte von dem Vorfall nichts mitbekommen und feierte fröhlich weiter.

Ritter Viktor trat auf den Grafen zu und hielt um die Hand seiner Tochter an, mit der Begründung, dass er sie sich verdient habe. Vincenz war ihm gefolgt und stellte den gleichen Anspruch. Er zog ein Stück Stoff aus seiner Tasche und hielt es seinem Bruder vor die Nase. Es bestand aus Seide, war mit Silberfaden bestickt und zeigte das Familienwappen der Buddenburger mit drei silbernen Ringen. Der Stoff gehörte zu einem Kissen, das er aus dem Raum neben dem geheimen Gang mitgenommen hatte. Er flüsterte seinem Bruder zu: „Wenn du mir nicht den Vortritt lässt, verrate ich allen, dass du die Comtesse entführt hast. Denn nur du kanntest den Gang und das Versteck, und die Kissen sind aus unserem Schloss."

Graf Theodor rief Charlotte und Viktor zu sich in die Burg, um die beiden zusammenzuführen. Viktor zögerte. Er zischte seinem Bruder Vincenz, der mit dem Seidenstoff wedelte, zu: „Wenn du mir Schwierigkeiten machst, kannst du deine Tage zählen."

Dabei griff er warnend an sein Schwert. Dann folgte er dem Ruf seines Herrn und trat siegessicher an die Seite des Grafen und der Comtesse. Mit ihr als Ehefrau würde er eines Tages den größten Waldbestand und die einträglichsten Ländereien des Landes besitzen. Er würde sein eigenes Territorium aufbauen, plante er im Geiste. Der Burgherr ließ die Fanfaren erklingen. Danach verkündete er allen Anwesenden ein freudiges Ereignis: „Liebe anwesenden Gäste! Die Comtesse ist wieder da und ihr Retter wird nun immer an ihrer Seite sein."

Er wandte sich Viktor zu und sprach: „Edler Ritter Viktor von der Buddenburg, Ritter der drei silbernen Ringe, niemals werde ich es Euch vergessen, dass Ihr mir das Liebste, was ich verloren hatte, zurückgebracht habt. Zum Dank dafür gebe ich Euch meine Tochter zur Frau und fünf Ländereien als Mitgift dazu."

„Vater, ich will ihn nicht heiraten!" rief Comtesse Charlotte erschrocken.

„Aber Kind, warum denn nicht? Ritter Viktor hat dir dein Leben gerettet. Dafür solltest du ihm dankbar sein."

„Ja, Vater, das bin ich auch. Aber ich möchte nur den Mann heiraten, den ich liebe."

„Du sollst aber einen Ritter heiraten, mein Kind. Wen kann man mehr lieben, als den Ritter, der einem das Leben rettete?"

„Seinen Bruder", rief die Comtesse.

„Seinen Bruder? Den zweiten Ritter von den Buddenburgern?" fragte ihr Vater sie überrascht und blickte zu Vincenz hinüber, der seltsamerweise mit einem seidenen Fähnchen wedelte. Die Blicke aller Anwesenden folgten ihm. Allein Charlottes Stimme riss alle aus ihrem unmäßigen Erstaunen. Sie rief: „Nein! Ich will den dritten Ritter!"

In diesem Moment ertönte ein wohlklingendes Lautenspiel. Die Melodie verzauberte den Raum, in dem sich die Festgesellschaft befand.

„Hört nur, Vater! Mit diesen süßen Klängen hat er mein Herz gewonnen. Nie wieder möchte ich ohne diese Musik sein, und noch viel weniger ohne ihn, meinen Ritter."

Charlotte strahlte glücklich, als Valentin mit seiner Laute auf sie zuschritt. Er war froh. Denn endlich lächelte seine Angebetete nur für ihn, und sein größter Wunsch hatte sich erfüllt.

Der Fluch des Drachen

Der Fluch des Drachen

Die Heirat war im Mittelalter oft eher ein Geschäft. Die Väter suchten einen passenden Ehegatten für ihre Töchter aus, wobei Stand und Geld eine wichtige Rolle spielten. Auch Juliana ging es so. Sie war noch ein Kind, als ihr Vater sie einem mächtigen, reichen, alten Fürsten versprach. Die Menschen nannten ihn den schwarzen Fürsten, da er immer nur schwarz gekleidet war. Mit siebzehn sollte Juliana seine Ehefrau werden. Ihrem Vater ging es nicht darum, dass sie den zukünftigen Gatten auch liebte. Ihm war es wichtig, die Besitztümer der Familien zusammenzulegen, was den Gewinn eines großen Territoriums bedeutete.

Als Juliana zarte sechzehn war, verliebte sie sich in den fünf Jahre älteren, ritterlichen Ulrich von Beekheim. Ritter Ulrich verliebte sich auch in sie. Es dauerte nicht lange, da gab er ihr zur Verlobung das Eheversprechen und hielt bei ihrem Vater um ihre Hand an. Der jedoch wies ihn ab.

Die Hochzeitsvorbereitungen zur Vermählung mit dem schwarzen Fürsten wurden aufgenommen. Es half nichts, dass Julianas Mutter versuchte, ihren Gemahl davon zu überzeugen, die Liebe sprechen zu lassen. Juliana war verzweifelt. Niemals würde sie den alten Fürsten lieben, eher wollte sie sterben. Ihre Sehnsucht nach Ritter Ulrich war stark, und sie vermisste ihn sehr. Sie wusste, dass sie eine von vielen Frauen war, die nicht den heiraten durften, den sie auch wirklich wollten. Doch das war ihr kein Trost, sondern brach ihr das Herz.

Ritter Ulrich war klug und wagemutig. Drei Tage vor der geplanten Hochzeit seiner Angebeteten mit dem schwarzen Fürsten, kam der verliebte Ulrich zu Pferd angeritten und entführte Juliana aus ihrem Elternhaus. Die beiden folgten dem gegebenen Eheversprechen, tauschten die Ringe und heirateten. Der Bräutigam war ritterlich und wusste, was sich gehörte. Er lud Julianas Eltern zur Hochzeit ein.

Sie feierten ein großes Fest mit vielen Gästen. Ritter Ulrich hatte eine große Familie. Zahlreiche Ritter und Freunde erschienen, um dem

Hochzeitspaar Glück zu wünschen. Es gab viel zu essen und zu trinken, Spielleute und Gaukler waren eingeladen. Das Familiengeschlecht der von Beekheims war sehr wohlhabend. Juliana hatte nun den Mann, den sie liebte bekommen und war dennoch nicht wirklich glücklich. Sie vermisste ihre Eltern, damit sie ihr Glück für die Zukunft wünschten.

Das Hochzeitsfest war schon einen Tag im Gange. Mittlerweile war es Abend geworden. Da erschienen unerwartet die Gäste, die Julianas Glück vollkommen machten. Die Kutsche ihrer Eltern fuhr vor. Julianas Mutter hatte es endlich geschafft, den Vater vom Glück der Tochter zu überzeugen. Die Glückwünsche ihrer Eltern für das Brautpaar kamen von Herzen. Der Brautvater bestand darauf, die Kosten für das Fest zu tragen, da das damals so üblich war und weil seine geliebte Tochter ihm jegliche Kosten wert war. Der Reichtum einer Familie zeigte sich auch dadurch, wie lange Hochzeit gefeiert wurde. So eine Feier konnte mehrere Tage, sogar Wochen dauern. Ritter Ulrichs und Julianas Hochzeitsgesellschaft feierte mittlerweile den dritten Tag.

Zur Feier des vierten Tages fand ein großes Ritterturnier auf Burg Hohenstein statt. Den schwarzen Fürsten aber überkam der Jähzorn. Er schwang sich auf sein Pferd, gab ihm die Sporen, ritt im vollen Galopp auf den Hohenstein und stürzte fluchend in die feiernde Gesellschaft hinein. Zornentbrannt sprach er eine Verwünschung über das junge Paar aus. Dabei hob er einen langen, schwarzen Stock und schwang ihn im Takt seiner Worte mit. Am Ringfinger der Hand, die den Stock umfasste, prangte ein dicker, goldener Siegelring mit einem schwarzen Stein aus Onyx und einem Drachenkopf aus Gold. Er rief dem Brautpaar in Anwesenheit der ganzen Gesellschaft zu: „Diese Burg, das Elternhaus Eurer zukünftigen Kinder, soll mit meinem Fluch belegt sein! Als Vergeltung dafür, dass ich verraten wurde, werden eure Kinder mit achtzehn Jahren vom Drachen getötet werden!" Danach wendete er sein Pferd und stob davon.

Alle waren entsetzt. Juliana zitterte und fing an zu weinen. Ritter Ulrich wollte dem schwarzen Fürsten hinterherreiten, doch er entschied sich dafür, lieber seiner jungen Ehefrau beiseite zu stehen. Auch ihre Eltern trösteten sie und sagten, dass sie ihre Gedanken frei von Bösem halten solle, dann würde schon alles gut gehen. Doch insgeheim machten sie sich Sorgen. Wer wusste schon genau, warum die Menschen ihn den schwarzen Fürsten nannten?

Es dauerte nicht lange, da war Juliana schwanger. Sie und Ritter Ulrich wurden stolze Eltern eines Sohnes, den sie Paul nannten. Paul war ihr ganzer Stolz. Bald schon war er auf dem besten Weg, ein Ritter zu werden, wie sein Vater. Als er sieben Jahre alt war, schickten ihn seine Eltern als Page zur Rauschenburg, damit er dort bei dem befreundeten Grafen Theodor von der Rauschenburg Kraft und Geschicklichkeit erwarb. Dort lernte er Reiten, Armbrustschießen, und als er mit vierzehn Knappe wurde, übte er den Gebrauch von Schwert, Lanze und Schild. Das wichtigste für die Eltern aber war, dass er auf der Rauschenburg durch den Fluch nicht behelligt würde, glaubten sie. Zur selben Zeit gebar Juliana ein kleines Mädchen, das den Namen Christina bekam.

Das Leben im Mittelalter war für Christina nicht leicht. Als Baronesse lebte sie auf der Burg des Freundes ihrer Eltern, bei Graf Theodor von der Rauschenburg. Ihre Eltern hatten sie schweren Herzens in seine Obhut geschickt, weil es auf der elterlichen Burg den schlimmen Fluch gab, der dort bereits ihren Bruder Paul getroffen hatte und der nun auch sie treffen könnte, wenn sie daheim bliebe. Paul war auf der Rauschenburg immer sicher gewesen. Erst als er achtzehn Jahre alt war und aufs elterliche Schloss reiste, um sich von seiner, im Sterben liegenden, Großmutter zu verabschieden, erfüllte sich dieser Fluch. Ein schrecklicher Drache hatte ihm auf Burg Hohenstein aufgelauert und ihn dann um sein junges Leben gebracht.

Nun lebte Christina beim Grafen von der Rauschenburg in der Festung am Fluss, die den Landesherren als Offenhaus diente. Da man sich in Kriegszeiten befand, ritten die Herrscher des Landes oft in die Burg ein, planten, wie Angriff und Verteidigung ablaufen sollten und schickten die Burgherren mit ihren Rittern in den Krieg. Wenn Graf Theodor mal wieder wegen einer

Fehde außer Haus war, kletterte Christina in manche Ritterrüstung, die im Burgsaal. Schwertscheide aus Holz mit Lederummantelung und Schwertgurte mit Schwertern hingen an der Wand, dazwischen Äxte, Dolche und ein großer Bogen. Christina nahm ein Schwert in die Hand und ließ es ein paarmal nachdenklich durch die Luft sausen.

Baron Ulrich von Beekheim und seine Gemahlin Juliana vermissten ihre Tochter sehr. Nachdem sie ihren Sohn verloren hatten, war sie das einzige Liebste, was ihnen geblieben war. Sie waren schwer in Sorge um sie, denn auf ihrer Familie lag dieser schreckliche Fluch, der besagte, dass alle Nachkommen von einem Drachen getötet würden. Da dies laut Verwünschung im Elternhaus geschehen sollte, trennten sie sich aus Gründen der Sicherheit und Liebe von ihrem Kind.

Von Christina wurde erwartet, dass sie ein adelsstolzes, folgsames Mädchen sei, doch sie fühlte sich dem Abenteuer gewogen, liebte das Reiten und unternahm schon früh mit den Knappen auf der Burg Wettkampfspiele. Ihr

Wunsch war es, Ritterin zu werden. Oft sah sie den Knappen bei der Ausbildung zum Ritter zu, machte sogar immer öfter mit und hatte schon manches Mal geübt, mit Schwert und Degen umzugehen. Die Knappen und Ritter zeigten ihr den Gebrauch der Waffen gerne. Besonders Knappe Titus war ihr der angenehmste Lehrer. Mit ihm übte sie am liebsten Ritter. Als Mädchen durfte sie eigentlich gar nicht kämpfen. Aber seit ihr Bruder bei dem Kampf mit dem Drachen tödlich verletzt wurde, als sie noch ein kleines Mädchen war, hatte sie den Wunsch, sich der Ausbildung zum Ritter zu unterstellen und in den Kampf zu ziehen, um ihren Bruder eines Tages zu rächen. Für die Menschen damals war es undenkbar, sich eine Frau in einer Rüstung, auf einem Turnier oder gar im Kampf vorzustellen. Frauen waren den Männern nicht gleichgestellt, und ihnen kamen ganz andere Aufgaben zu. Sie hatten eine vollkommen abweichende Erziehung erfahren, und die Regeln waren streng. Zu der Zeit erzählte man sich von der Jungfrau von Orleans, die in Frankreich sehr durch Wehrhaftigkeit und Wagemut aufgefallen war. Christina hörte, dass sie als einfaches Bauernmädchen in einer Ritterrüstung im Jahr 1429 die französische Stadt Orléans aus der Belagerung der Engländer befreite, indem sie die Franzosen in voller Rüstung in die Schlacht führte. Sie wurde als Heldin gefeiert. Zwei Jahre später gab man bekannt, dass Johanna gefangen genommen und als Hexe lebendig verbrannt wurde. So endete ihr Leben schon sehr früh, mit nur neunzehn Jahren, auf dem Scheiterhaufen. Christina wollte natürlich nicht so enden wie Johanna. Dennoch fühlte sie ihre Bestimmung und folgte dieser, in der Hoffnung, nicht so ein grausames Schicksal zu erleiden, wie die Jungfrau von Orleans.

Christina war achtzehn, als ihr Großvater im Sterben lag und sie eine Reise heim nach Burg Hohenfels plante. Sie erzählte ihrem Freund Titus von ihrem Vorhaben. Titus war von seiner Zuneigung zu Christina gefangen und schenkte ihr zum Abschied seine goldene Halskette mit Kreuzanhänger. Er wünschte ihr Glück und sagte ihr, dass er hoffe, sie ganz schnell wiederzusehen. Seine Worte machten Christina sehr glücklich, denn auch sie freute sich schon darauf, zu ihm zurückzukommen. Seine Kette hütete sie wie einen Schatz.

Christina reiste mit vier Rittern, die Graf Theodor von der Rauschenburg zu ihrem Schutz mitschickte und ihrer Zofe in der Kutsche ins elterliche Schloss. Dort schaffte sie es gerade noch ihrem Großvater die Hand zu halten und sich von ihm zu verabschieden, bevor er dahinschied. Der Tote blieb im Saal aufgebahrt und wurde von der Familie überwacht und betrauert. Ihre Mutter Juliana weinte bittere Tränen um den Großvater. Nie hatte sie ihrem Vater vergessen, dass er ihr, entgegen aller Traditionen, ihre große Liebe erlaubt hatte. Auch Christina war sehr traurig, und doch war sie es, die ihre Mutter tröstete, weil wenigstens einer von ihnen stark sein musste, glaubte sie.

Der Baron verließ seine Burg durch den Hintereingang, um in den nahen Pferdestall zu gehen, weil ihm ein ungewöhnliches Geräusch zu Ohren gekommen war. Nichtsahnend erblickte er in der Dunkelheit ein schwarzes Ungeheuer mit feurigen Augen, das es ganz offenbar auf ihn abgesehen hatte. Vor ihm erhob sich ein geflügelter

Drache. Den Baron durchfuhr ein Riesenschreck. Er wollte davonlaufen, doch er kam nicht von der Stelle. Das Ungeheuer hielt ihn mit unsichtbaren Kräften fest. Dabei spuckte es unaufhörlich Feuer, dessen leuchtende Funken im nächsten Augenblick wieder erloschen. Wie ein Magnet stand das Untier hinter ihm und sandte seine Kräfte aus. Der Baron sorgte sich um seine Familie, doch er war unbeweglich und unfähig, etwas zu unternehmen, um sie zu retten. Der Drache fauchte laut. Christina kannte dieses keuchende Geräusch. Sie hatte es schon gehört, als sie noch ein kleines Mädchen war. Kurz darauf war ihr Bruder tot. Nun wusste sie, dass das Ungeheuer gekommen war, um sie zu holen. Sie strich ihrer Mutter, die sich erschöpft hingelegt hatte und eingeschlafen war, über die Schulter, schlich auf Zehenspitzen aus dem Raum und bat ihre Zofe, ihr in eine der Ritterrüstungen zu helfen. Weil sie im Anlegen einer Rüstung geübt war, konnte man sie schon sehr bald nicht mehr von einem richtigen Ritter unterscheiden. Die Rüstung war etwas zu groß für sie geraten, doch bot sie Schutz und gab ihr die Möglichkeit, sich dem Drachen ebenbürtig entgegenzustellen. An der Wand hingen zahlreiche Waffen. Christina nahm sich ein Schwert und hielt es fest in der Hand. Ihre Zofe flehte sie an, sich nicht in Gefahr zu begeben. Doch Christina war entschlossen und nicht mehr aufzuhalten. Als sie mit schwerer Rüstung daher schritt, hoffte sie, dem Drachen ein abschreckendes Bild abzugeben und ihn zu verjagen. Nichts und niemand konnte sie davon abhalten, es mit dem Ungetüm, das dabei war, ihre Familie zu zerstören, aufzunehmen. Unaufhaltsam schritt sie zum Reitstall, aus dem das Geräusch gekommen war. Dort wartete der Drache. Ihr Vater lag auf dem Boden. „Vater, was ist mit dir?" fragte Christina kummervoll und beugte sich über ihn. Er antwortete: „Schnell, lauf weg, so weit du kannst! Damit er dich nicht kriegen kann!"

In diesem Moment öffnete der Drache sein riesiges Maul und brüllte laut. Er spie Feuer und blies ihr seinen heißen Atem entgegen. Von diesem Atem getroffen, konnte Christina sich nicht mehr rühren. Durch das Gebrüll alarmiert, kamen die Ritter angelaufen und wollten Vater und Tochter zur Hilfe eilen, doch sie konnten nicht hinein. Ein Bann ließ sie nicht über die Schwelle treten.

„Lauf!" rief ihr Vater.

„Es geht nicht!" antwortete sie.

Der Drache jaulte, als würde er triumphieren. Da weinte der Baron verzweifelt: „Könnte ich doch nur für dich sterben, mein Kind, dann wärst du gerettet."

Doch der Drache schnappte sich Christina und flog mit ihr fort.

Erst als der Drache mit Christina verschwunden war, kam wieder Bewegung in die Glieder des Barons. Er rannte nach draußen, wo auch die Ritter gerade zu sich kamen. Einer der Ritter ritt zur Rauschenburg und informierte dort den Grafen über das Geschehene. Mit seiner Rittergarde und deren Knappen verließ Graf Theodor von der Rauschenburg seine Burg und ritt nach Burg Hohenstein, um seinem Freund bei der Rettung Christinas zu helfen. Auch Knappe Titus begleitete die Truppe. Er trug für seinen Ritter Helm, Lanze und Schild. Titus war in großer Sorge um seine Gefährtin, die er sehr vermisste, und er wollte alles dazu tun, um sie zu retten. Der ganze Trupp, dem sich nun auch noch Christinas Vaters anschloss, wollte nichts weniger, als den gefährlichen Drachen zu besiegen und seine Tochter zu befreien. Niemand aber wusste, wo der Drache sich mit Christina befand und ob sie überhaupt noch lebte.

Bei ihrer Suche nach der Höhle des Drachen kamen sie an ein goldenes Schloss. Dort hielten sie an, um nach der Drachenhöhle zu fragen. Im angrenzenden Burggarten entdeckte Titus etwas

Goldschimmerndes im Gras. Er bückte sich und hob es auf. Er glaubte, seinen Augen nicht zu trauen. Was er sah, war die Kette, die er Cristina zum Geschenk machte. Wie kam die Kette hierher? Wo war Cristina? Titus fragte sich, ob sie in der Nähe sein könnte. Wer war Herr in diesem Schloss? Titus steckte die Kette in die Tasche und suchte im Burggarten nach Christina. Dabei rief er ihren Namen. Er glaubte aus der Ferne ihre Stimme zu hören. Oder war es doch nur der Gesang des Windes? Während er noch aufmerksam lauschte, stellte der Burgherr sich ihm in den Weg und forderte ihn auf, seinen Garten zu verlassen. In seinem schwarzen Gewand machte er auf Titus einen unheimlichen Eindruck. Titus ging dem Ausgang entgegen, wo die anderen Ritter schon auf ihn warteten, und der Schwarzgekleidete folgte ihm. Erschrocken erkannte Christinas Vater in dem Burgherren den schwarzen Fürsten wieder, dem Juliana einst versprochen war und der die Verwünschung ausgesprochen hatte, der sein Sohn zum Opfer fiel, und der jetzt wahrscheinlich auch seine Tochter ausgeliefert war. In blinder Wut zog er sein Schwert und stürzte sich auf den schwarzen

Mann. Er rief: „Mörder! Er hat meinen Sohn auf dem Gewissen! Jetzt hat er es auch noch auf meine Tochter abgesehen!"

Der schwarze Fürst plusterte seinen Umhang auf, und heraus kam der feuerspeiende Drache. Die Männer erschraken. Sie wollten ihre Schwerter ziehen, doch der Bann, mit dem der Drache sie belegte, ließ sie zur Bildsäule erstarren. Nur Titus, der dem Drachen das goldene Kreuz entgegenhielt, erstarrte nicht. Er sprang mit Helm, Schild und Schwert auf sein Pferd, nahm sich die Lanze und ritt mutig und entschlossen auf den Drachen zu. Der bäumte sich laut brüllend vor ihm auf. Titus ließ sich nicht einschüchtern. Er ritt geradewegs auf das Ungeheuer zu. Mit großer Kraft rammte er ihn mit der Lanze, so dass der Drache zu Boden stürzte.

Titus rief nach der Baronesse: „Christina! Hab keine Angst! Ich bin gekommen, um dich zu retten!"

In diesem Moment stand der Drache wieder auf und kam wild brüllend auf Titus zu. Mit aller Kraft der Liebe kämpfte Titus gegen den

Drachen und besiegte ihn. Im Gras lag das röchelnde Ungeheuer, das sich allmählich verwandelte. Halb Drache, halb Mensch, erkannte Titus an dessen Ringfinger einen Goldring, der mit einem schwarzen Stein verziert war. Der Onyxstein zeigte einen goldenen Drachenkopf. Diesen Ring nahm Titus an sich. Er fragte sich, ob der Ring magische Kräfte habe, der seine Begleiter außer Gefecht gesetzt hatte. Er hoffte, Christina schnell zu finden und überlegte, was nun zu tun sei. Dabei strich er mit dem Daumen über den goldenen Drachenkopf am Ring. Es schien tatsächlich ein Zauberring zu sein, der Wünsche erfüllte, denn plötzlich hörte er Christinas Stimme sehr deutlich. Er folgte dieser Stimme, ritt mit seinem Pferd durchs Burgtor, ging in das Schloss hinein und fand sie. Er erlöste sie von ihren Fesseln und befreite Christina aus ihrem Burggefängnis. Er hob sie auf sein Pferd und ritt zum Burgtor hinaus, wo die anderen noch unbeweglich, in Trance standen. Intuitiv fasste Titus jedem auf die Schulter und strich mit dem Daumen über den Drachenkopf am Ring. Auf diese Weise kehrte wieder Bewegung in seine Begleiter zurück.

Als Belohnung für seine Heldentat wurde Knappe Titus frühzeitig zum Ritter geschlagen. Besonders Christina war stolz auf ihren Ritter Titus, den Drachentöter, der furchtlos der Gefahr entgegengegangen war, um sie zu retten. Auf ihren eigenen Ritterstand verzichtete sie. Längst hatte sie ihre Wahl getroffen und Titus ihr Herz geschenkt, wenn möglich, für ein ganzes Leben.

Alle hatten erkannt, in welcher Gestalt eines mächtigen Dämons sich der schwarze Fürst verbarg. Den Zauberring hatte er dafür eingesetzt, um Leid und Unglück unter die Menschen zu bringen. Allein der Glaube an das Gute konnte das Böse abwenden, denn das goldene Ritterkreuz hat die Kraft und die Macht des Banncs verhindert. Mit dem Ring ließ sich aber auch Gutes erreichen, und der Träger des Ringes selbst konnte entscheiden, was er mit seinem Wunsch durch den Ring bewirken will.

Himmelsgold

In einem kleinen Häuschen, nicht weit von der Rauschenburg, lebte vor vielen Jahren eine verarmte Gräfin mit ihrer Enkeltochter Lisa. Das Leben war schwer und sie hatten nicht viel zu essen. Der Wind pfiff durchs kaputte Dach und aus manchen Ecken. Das bisschen Holz zum Anmachen konnte nicht zu einem Feuer entfachen, da der Wind es immer wieder ausblies.

Der Winter war eingekehrt und viele dicke Schneeflocken fielen Tag und Nacht auf die erbärmliche Hütte. Die Schneelast rutschte durch die offenen Spalten im Dach in den Kochtopf und füllte die leeren Töpfe mit Wasser. Eines Tages brach durch den schweren Schnee ein Teil des Daches ein. Da klopfte ein armer Ritter an die Tür. Lisa lief zur Tür und öffnete sie einen Spalt. Die Gräfin fragte: „Wer ist dort?"

„Ein armer Mann, der ganz durchgefroren ist und hungrig aussieht."

„Lass ihn herein und schließ die Tür. Wir haben noch ein wenig zu essen in unserem Schrank. Hole es heraus und stelle einen Teller auf den Tisch."

Der Fremde ließ sich auf den Stuhl fallen. Das bisschen Wärme, das er in der alten Hütte antraf, machte ihn zufrieden. Lächelnd nahm er die Speise und den gereichten Tee zu sich.

„Ich habe ein Plätzchen gesucht, wo ich mich aufwärmen kann. Habt Ihr ein Nachtlager für mich?" fragte der Ritter die Gräfin. „Ich bin so durchgefroren, dass ich kaum den Löffel zum Munde führen kann."

„Ihr dürft heute Nacht bei uns schlafen, neben dem Ofen ist ein Platz."

Sie löschten die Kerzen und begaben sich zur Ruhe.

Lisa konnte nicht einschlafen und sah aus dem Fenster in die Dunkelheit. Sie drückte ihre Nase an die kalte Glasscheibe, und ihr heißer Atem brachte die Eisblumen zum Schmelzen. Der Schnee leuchtete hell. Am Himmel standen viele

Sterne. Blitzend schoss plötzlich ein Stern aus seiner Höhe herab auf die Erde, geradewegs auf das Feld des Bauern in der Nachbarschaft. Die beiden Erwachsenen schliefen. Lisa zog sich ihren Mantel über, verließ die Hütte und lief zum Feld. Sie wollte die Stelle finden, wo die Sternschnuppe heruntergekommen war, mit all ihrem Himmelsgold, von dem sie nur ein wenig mitzunehmen brauchte, damit es Wünsche erfüllen, und die Rettung aus der Not bringen würde. Dass himmlische Boten, wie Sternschnuppen und Himmelsgold den Menschen Glück bringen, hatte ihr die Großmutter einmal erzählt. Lisa stapfte durch den Schnee und zitterte vor Kälte. Ihre müden Augen suchten angestrengt nach dem Himmelsgold auf dem weiten Feld. Doch sie konnte nichts finden. Ihre Zähne klapperten in der Kälte, ihre Kräfte verließen sie und sie wurde ohnmächtig.

Durch eine kalte Hundeschnauze in ihrem Gesicht kam sie wieder zu sich.

„Prinz! Prinz, wo bist du?" Prinz, der Hund des Barons von der Rauschenburg bellte unentwegt, und der Baron kam angelaufen. Als er das unterkühlte Kind auf der eisigen Bodenfläche fand, zog er seine Jacke aus. Er wickelte Lisa darin ein, um sie zu wärmen. Dann nahm er sie mit zu sich nach Hause, in seine Burg, wo seine Frau ihr ein warmes Bett bereitete. Da Lisa ihm erzählt hatte, wo sie wohnte, ging er zur armseligen Hütte und klopfte dort an die Tür.

Ein Mann öffnete ihm. Es war der Ritter. Wortlos, erstaunt sahen beide sich an. Der Baron erkannte in ihm seinen seit langem verschollenen Bruder. Nach einem kurzen Moment des Schweigens fielen sich beide Männer in die Arme. Mit Lisas Großmutter und dem Arzt, den sie auch noch abholten, fuhren sie mit der Kutsche zur Rauschenburg. Dort hatte Lisa sich mittlerweile ein wenig erholt. Als sie ihre zutiefst besorgte Großmutter sah, umschlang sie die alte Frau und rief: „Es tut mir alles so leid, Großmutter! Ich wollte das Himmelsgold finden, das mit dem Stern heruntergefallen ist, auf das Feld des Bauern. Ich wollte mir wünschen, dass die Not endlich ein Ende haben soll. Aber ich konnte es nicht finden."

Die Not hatte aber trotzdem ein Ende. Denn der Baron, der nichts von der Armut der bescheidenen, alten Gräfin gewusst hatte und durch seinen wiedergefundenen Bruder von ihrer Hilfsbereitschaft erfuhr, kümmerte sich ab sofort um sie und Lisa. Sie erhielten ein warmes, trockenes Haus, ärztliche Versorgung und alles, was man zum Leben braucht.

So hatte das Himmelsgold allen doch noch zum Glück verholfen.

Die drei Ringe

Die Zeit der Ritter, die unverheiratet blieben, und ihren Herren in den Krieg folgten, war vorbei. Für die Landesherren ging es nicht mehr um Sein oder Nichtsein, ihre Territorien festzuhalten und sich durch Fehden und Schlachten noch mehr Land dazu zu erkämpfen. Man hatte sich mittlerweile etabliert, und es folgte die Zeit, das besitzende Land zu ordnen, zu repräsentieren und alte Burgen in Schlösser umzubauen. Natürlich kam es auch weiterhin zu Machtkämpfen, wenn man sich genötigt sah, das was man seinen Besitz nannte, zu verteidigen. Wenn Ritter kämpften, ging es aber nicht mehr nur um Leben und Tod, sondern auch um reine Geschicklichkeitsspiele. Die Kriegsführung wurde immer mehr von Söldnern übernommen. Weiterhin aber waren die Ritter ihrem Herrn treu ergeben und bekamen dafür Ländereien, zu denen oft eine Burg gehörte. Es gab Ritterfamilien, denen ein Adelstitel zugesprochen wurde, wenn ein Familienmitglied sich um etwas besonders verdient gemacht hatte. Auch sehr exklusive Geschenke wurden manch einem verdienten Ritter überreicht.

Ritter Johann war im Mittelalter aus wichtigen Schlachten, um sein Land zu retten, als Sieger hervorgegangen. Durch den strategischen Wechsel zwischen Politik und Kriegsführung hatte er einen langjährigen Krieg erfolgreich beendet und eine lange Friedenszeit eingeleitet. Als Anerkennung und zum Dank dafür erhielt er von seinem Herrn eine Burg und einen besonders kostbaren Goldring, der mit zahlreichen Brillanten versetzt war. Zu diesem Ring gehörte ein Dokument, auf dem mit Tinte geschrieben stand: *Der Träger dieses Ringes wird von allen geliebt werden und überall Glück und Erfolg haben, wenn er sich um gute Werke bemüht und dazu diesen Ring in voller Zuversicht trägt.*

Ritter Johann, mittlerweile in die Jahre gekommen, setzte sich nach seinen zahlreichen Erfolgen auf seiner Burg zur Ruhe. Er vermählte sich mit einer jungen Frau und bekam mit ihr zwei Söhne. Als er starb, vererbte er seinen wertvollen Ring dem Sohn, den er am liebsten hatte, der sich durch Fleiß ganz besonders auszeichnete und Dinge schätzen und wahren konnte. Mit der Ringübergabe setzte er ihn als Erben über die Familienbesitztümer ein. Er verfügte, dass sein Sohn den Ring seinerseits an das seiner Kinder weitergeben solle, das er am meisten liebte. Als sein Sohn nach vielen Jahren starb, handelte er, wie sein Vater es ihn geheißen hatte und übergab das kostbare Juwel seinem bevorzugten Nachfolger. So ging das über Generationen weiter.

Georg war mit sechs Geschwistern aufgewachsen und hatte das 23. Lebensjahr erreicht, als sein Vater starb und ihm seinen hochgeschätzten Ring und sämtliche Besitztümer vererbte. Georgs Brüder und Schwestern kannten die Verfügung ihres berühmten Urahnen. Bis auf die beiden ältesten Brüder, Giesbert und Gerold, erkannten sie diese als Familientradition an und akzeptierten die Erbregelung. Giesbert aber wollte unbedingt den Ring und die Burg für sich besitzen, weil er der Älteste war und seiner Meinung nach das Recht des Ersten hatte. Gerold beanspruchte nur den Ring. Beide beneideten

Georg, solange sie lebten, und versuchten, ihm viele Steine in den Weg zu legen.

Georg, der mit seiner Frau drei Söhne hatte, mochte gar nicht daran denken, wie zurückgestoßen sich zwei von ihnen fühlen mochten, wenn er nur einen mit dem Ring bedachte. Denn er liebte alle seine drei Söhne gleich stark. Den mutigen so wie den fleißigen, und sogar den arbeitsscheuen. Damit keiner sich nach seinem Tode benachteiligt fühlen musste, ließ er heimlich beim Juwelier den Originalring in zweifacher Ausführung anfertigen. Die nachgearbeiteten Ringe glichen dem Original so sehr, dass er selbst kaum mehr einen Unterschied erkennen konnte. Welcher war der Ring mit der Verheißung? Georg fragte sich nun immer öfter, wenn er die Ringe ansah, welcher Ring der echte war. Doch die Freude darüber, alle seine Söhne eines Tages zufriedenstellen zu können, überbot sein Bedauern, nicht mehr zu wissen, welchen Ring einst Ritter Johann getragen hatte.

Als Georg sehr alt war, wurde er krank. Er merkte, dass er nicht mehr viel Zeit auf Erden hatte und rief seine Söhne nacheinander zu sich.

Er teilte den Familienbesitz durch drei, übergab jedem Sohn einen Ring und versicherte jeweils, sein Ring sei der echte. Doch die Söhne waren voller Zweifel. Jeder glaubte, dass der Vater einen der Brüder vorgezogen, und mit dem echten Ring bedacht hätte, selbst aber den falschen Ring bekommen zu haben.

Nach dem Tod des Vaters zogen sie vor Gericht, um klären zu lassen, welcher von den drei Ringen denn nun der echte sei. Der Richter sah sich außerstande, anhand der Ringe zu ermitteln, welcher denn nun der ursprüngliche war. Selbst ein extra bestellter begutachtender Juwelier konnte keine Entscheidung treffen. Deshalb mussten die Söhne die Urkunde des Erbstücks heranholen. Nachdem der Richter sie gelesen hatte, erinnerte er die drei Brüder daran, dass der echte Ring die Eigenschaft habe, den Träger bei allen anderen Menschen beliebt zu machen und ihm Glück und Erfolg zu bescheren. Da dies offenbar bisher bei keinem von ihnen eingetreten war, könne das wohl nur bedeuten, dass keiner der Ringe echt war und der echte Ring verloren gegangen sei. Denn in ihrem Zorn und ihrer

Missgunst, die sie aufeinander hatten, zeigten die Brüder sich keinesfalls liebenswert. Wer aber selbst nicht liebt, ist kaum liebenswert und bei anderen beliebt und wird schwer glücklich und erfolgreich. Den Einwand der Brüder, dass der verstorbene Vater den wahren Ring immer in der Vitrine eingesperrt hatte und dass niemand ihn gegen einen anderen hätte austauschen können, ließ der Richter nicht gelten. Er sagte, dass auch der Ring des Vaters schon unecht gewesen sein könnte, entweder bereits bei der Übergabe durch seinen Vater oder aber nachdem er aus der Vitrine genommen wurde, um vom Goldschmied als Modell für die anderen Ringe zu dienen. Man könne davon ausgehen, dass der Vater noch den echten Ring besessen habe, da er die dokumentierte Forderung an dessen Träger, gute Taten zu vollbringen, erfüllt habe. Er hatte alle seine Söhne gleich gern gehabt und wollte keinen von ihnen allein begünstigen und durch Benachteiligung kränken oder enttäuschen, so wie die Tradition es eigentlich von ihm gefordert hätte. Denn die Echtheit des ersten Ringes ist daran zu messen, inwieweit der Träger Gutes will. Erst dadurch macht er sich beliebt und kann glücklich und erfolgreich werden. Insofern ist jeder Ring echt, der diese Effekte erfüllt und unecht, wenn nicht. Da die Brüder sich untereinander misstrauten und vor Gericht zerrten, könne keiner ihrer Ringe der echte sein, stellte der Richter fest. Er sprach, dass erst die Zukunft zeigen könne, wenn einer der Ringe es sei, und zwar dann, wenn die dem Ring nachgesagte Wirkung beim Träger eintritt. Jeder der drei Brüder sollte also seinen Ring tragen und sich bemühen, diese Wirkung für sich selbst herbeizuführen. In Wirklichkeit gehe es nicht darum, den einzig wahren und echten Ring zu tragen, der sie liebenswert und erfolgreich mache. Der versprochene Effekt des echten Ringes habe den Ursprung im Menschen selbst. Auch der Ehering sei ein Symbol. Er steht für die Zusammengehörigkeit zwischen Mann und Frau. Doch nicht der Ring sorgt dafür, dass Eheleute zusammenbleiben, sondern sie selbst. Denn es gibt nicht das einzig Wahre, sondern das, was wirklich dahinter steht, und dafür ist jeder Einzelne selbst verantwortlich. Die Echtheit aller drei Ringe sei demnach erst später darin zu sehen, in welchem Maß die Brüder zukünftig in der Lage sein würden, Liebe zu stiften.

Tischsitten im Mittelalter

Schon damals gab es Tischsitten, die bei Bauern und Adeligen sehr ähnlich waren:

Man kommt nicht ungewaschen zum Essen.

Beginne nicht zu essen, bevor die anderen anfangen.

Stopfe nicht ein zu großes Stück in den Mund.

Trink oder sprich nicht mit vollem Mund.

Kein Edelmann soll aus der Schüssel saufen.

Wisch dir den Mund ab, wenn du den Becher nimmst.

Du sollst dich nicht über die Schüssel hängen, schmatzen und rülpsen.

In das Tischtuch schnäuzt man sich nicht und wischt sich auch nicht damit ab.

Reden und gleichzeitig dabei essen ist nicht akzeptabel.

Kratze dich nicht am Leib oder Kopf.

Lege nicht die Ellbogen auf den Tisch.

Wirf keine Abfälle unter den Tisch.

Das Ablecken der Finger ist verboten. Die Zahnreinigung mit der Messerspitze ist verpönt.

Schon damals gab es ein Tischtuch, doch nur sehr wenig Geschirr. Meist teilte man sich einen Becher und aß zu zweit von einem Teller oder aus einem Topf. Auch flache, aufgeschnittene Brotlaibe dienten als Teller. Besteck gab es keines, nur große Holzlöffel. Eine seltene Kostbarkeit waren Becher und Schalen aus Glas. Damals aß man an riesigen Holztischen.

Minnesänger machten beim Speisen Musik. Man trank Wasser, Milch oder Wein.

Rauschenburg

Die Rauschenburger Ritter

Es war vor langer Zeit, im Mittelalter, da lebten auf der Rauschenburg zwischen Datteln und Olfen die Ritter. Sie waren angesehene Kriegsleute mit großem Einfluss im ganzen Land. Für ihre Dienste erhielten sie von ihrem Landesherrn ein Landgut mit dazu gehörigen Bauern als Lehen.

Ein Ritter durfte nicht arm sein, denn er brauchte für Pferd und Rüstung viel Geld. Ritter wurde man nicht einfach so. Der Beruf des Ritters musste von der Pike auf erlernt werden. Ein Kandidat hatte, um Ritter zu werden, gewisse Eigenschaften mitzubringen: Er sollte angstfrei, draufgängerisch, kriegerisch und unverheiratet sein. Ein Junge wurde mit sieben Jahren von seiner adeligen Familie zu einer anderen angesehenen Familie als Page in die Lehre geschickt. Dort lernte er, sich vornehm zu benehmen. Hatte er schließlich das vierzehnte Lebensjahr erreicht, wurde er zum Knappen, also Gehilfen eines Ritters gemacht. Fortan lernte er, mit dem

Schwert und einer Lanze zu kämpfen, das Reiten, Jagen, Schwimmen, Tauchen, Schießen mit der Armbrust, Fechten, Tanzen und Schachspielen. Lesen und Schreiben gehörten damals nicht immer zu den wichtigen Dingen, die ein angehender Ritter beherrschen musste. Im Alter von einundzwanzig Jahren wurde durch den Ritterschlag ein Knappe zum Ritter geschlagen. Die Nacht zuvor verbrachte er fastend und betend in einer Kapelle. Bei der Feier hatte er einen wichtigen Eid abzulegen. Er schwor, die Wehrlosen und Schutzbedürftigen zu beschützen. Erst danach bekam er sein Schwert und eine eigene Rüstung.

Zu einem Ritter gehörte nicht nur das Kämpfen und Kriege führen. Gutes Benehmen und die ritterlichen Tugenden waren ebenso wichtig. Ein Ritter sollte immer die Wahrheit sprechen und seinem Herrn stets ergeben sein. Er durfte nicht nach Beute gieren. Es war seine Pflicht, die Armen und Schwachen zu verteidigen.

Es folgt die Geschichte des Knappen Wecelo, der auf der Rauschenburg lebte und im Jahre 1410 zum Ritter geschlagen wurde.

Ritterschlag

… über 600 Jahre nach Wecelos Schlag zum Ritter an der Rauschenburg:

Marktvogt Wolfram I. von Rauschenburg erhebt Knappe Michael von der Rauschenburg an der Lippe in den Ritterstand.
„Ritter-Römer-Rauschenburg 2013"

Vom Knappen zum Ritter

Es ist das Jahr 1410. Wecelo kann den folgenden Tag kaum erwarten. Er ist so aufgeregt, dass er nachts fast kein Auge zu bekommt. Bei Tagesanbruch kommen die jungen Knappen und helfen ihm, die neue Rüstung anzulegen. Sie besteht aus Kettenpanzer und Eisenplatten und wiegt fast 30 Kilogramm. Es dauert bald eine Stunde, bis Wecelo seine Ritterrüstung an hat. Danach besteigt er, um einiges schwerer geworden, sein Pferd und reitet zur Kirche. Schon von weitem klingen ihm Posaunen- und Hörnerklänge entgegen. Bei der Kirche angekommen, sieht er, dass die anderen Knappen in seinem Alter, auch neue Rüstungen tragen. Sie knien vor dem Altar und empfangen den Segen. Der Priester segnet auch die Waffen der jungen Ritter. Graf Heinrich tritt zu Wecelo, schlägt ihn mit dem Schwert und spricht: „Wecelo, nun ist dein Schwert gesegnet und du bist ein Ritter geworden. Denke immer an die ritterliche Ehre und an das, was du bist! Sei gütig zu den Armen und hochgesinnt gegen die Reichen. Ehre alle Frauen!"

Danach geht Graf Heinrich zu den anderen Knappen, reicht ihnen Schwert, Sporen und Schild und legt auch ihnen Demut, Treue und Freigiebigkeit ans Herz. Wecelo weiß, was es bedeutet, ein Ritter zu sein. Die Aufgabe des Ritters ist vor allem Kampf. Darauf hat er sich in der Vergangenheit mit Schild, Schwert, Speer und Stoßlanze, die drei Meter lang, sehr breit und schwer ist, gut vorbereitet. Wecelo streicht mit der Hand über seine wichtigste Waffe, das Schwert. Er blickt auf sein Schild, mit dem er während der Kämpfe seine Feinde abwehren wird. Das als Erkennungszeichen auf der Vorderseite angebrachte Familienwappen wird Freunde davon abhalten, ihn bei Fehden zu bekämpfen. Denn unter der schweren Rüstung und hinter dem Metallhelm mit heruntergelassener Klappe, wird er selbst nicht zu erkennen sein. Wecelo kennt auch alle anderen wichtigen Aufgaben und weiß, dass es nicht immer leicht sein wird für ihn. Doch in dieser Stunde nimmt er sich fest vor, immer ein guter Ritter zu sein.

Die Ritter von Bram vor ihrem Lager; zu sehen sind von links:

Wachhauptmann Alexander Eisenhand, Ritterbruder Wieland von Hombroike und Scherge Linhardt

Fotograf: Erich Küpers

Es war einmal

Wecelo war Ritter auf der Rauschenburg, die Schutz gegen Feinde bot und gleichzeitig eine Wohnanlage für viele Leute war. Die Burg wurde von einer Mauer und durch einen Wassergraben geschützt. Vom Bergfried, dem Hauptturm aus, hatte man die beste Aussicht in die Umgebung. Im unteren Teil des Turms befand sich der Kerker. Oben im Turm wurden Wertsachen und Schätze versteckt. Der Wohnbereich war mit Wandmalereien und wärmenden Teppichen geschmückt. Man nannte ihn „Palas". Der einzige beheizbare Raum war die „Kemenate", der sog. Kaminraum. Die Kemenate war Wohn- und Arbeitsraum der Burg, und deren Nutzung war vornehmlich den Frauen, Rittern und Adeligen vorbehalten. Es gab eine Burgkapelle und einen Brunnen, damit die Wasserversorgung gewährleistet war. Die Wohnungen der Burgbesatzung befanden sich an der Ringmauer. Dort lebten in unbeheizten Räumen viele Menschen auf engstem Raum. Meist hausten auch Hühner und Kaninchen zwischen ihnen. So hielten sich alle gegenseitig warm. Die Knechte und Mägde schliefen auf Stroh mit Tierfellen.

Der Burghof wurde für zahlreiche gesellschaftliche Ereignisse, wie z. B. Ritterturniere und Feste genutzt. Das Ritterturnier war ein Kampf auf Leben und Tod. Die regelmäßig stattfindenden Turniere wurden auf einem großen Platz ausgetragen. Die Ritter wollten die edlen Frauen begeistern und ihren Mut unter Beweis stellen. Der einzige Unterschied zwischen einem Turnier und einer Schlacht war, dass man beim Turnier stumpfe Waffen benutzte und der Gegner gefangen genommen und nicht getötet wurde, falls letzteres nicht doch im Eifer des Gefechts geschah, denn durch Lanzenstöße fand so mancher Ritter seinen zufälligen Tod. Der bei einem Ritterturnier Besiegte und Gefangengenommene verlor sein Pferd und seine Rüstung an den Ritter, der ihn besiegt hatte. Es gab genug Ritter, die durch ein Turnier reich wurden oder an den Bettelstab gerieten. Für vornehme, wahrlich ritterliche Herren ziemte es sich allerdings, großzügig zu sein und arme Teufel, die sie besiegt hatten, wieder laufen zu lassen, ohne ihnen alles zu nehmen. Bis es aber erst einmal so weit war, dass Sieger und Verlierer feststanden, mussten harte Kämpfe ausgefochten werden.

Gewöhnlich warteten die kampfbegeisterten Ritter gar nicht erst bis zum Turniertag, sondern maßen schon Tage vorher ihre Kräfte miteinander. Im „Parzival" des 13. Jahrhunderts steht festgeschrieben, dass die Kämpen von ihren kleinen Geplänkeln schon so ermüdet gewesen seien, dass das eigentliche Turnier gar nicht mehr stattfand. Bis ins 16. Jahrhundert hinein wurden die Kampfspiele gepflegt, bis im Spätmittelalter das eigentliche Turnier allmählich aus der Mode kam. Zum Leben erweckte man stattdessen Einzelkämpfe in Form von ungefährlichen Geschicklichkeitsproben.

Heute sind von manchen der vielen Burgen im ganzen Land, die es einmal gab, nur noch Ruinen übrig, so wie auch von der Rauschenburg. Die Adeligen, die dort einst zuhause waren, zogen mit der Zeit in bequemere Wohnsitze um.

Die Ritter von Bram beim Schaukampf

Rollen/Akteure:
Ritterbruder Wieland von Hombroike
und Graf Adolf II. von der Mark beim
freundschaftlichen Waffengang; Knappe
Heinrich von Lichterfelde schaut gespannt zu.

Fotograf: Bramer Schatzmeister Sascha Schlüter.

Ritterspiel um den versteckten Schatz

Aufgaben und Fragen:

1. Was ist die Aufgabe eines Ritters?
2. Nenne zwei der Tugenden, die ein Ritter haben muss?
3. Welche Tischsitten gab es damals?
4. Wie alt muss ein Junge sein, damit er Knappe werden kann?
5. In welchem Alter darf man Ritter werden?
6. Was macht einen guten Ritter aus?
7. Was ist eine Kemenate?
8. Was gehört zu den Waffen eines Ritters?
9. Wo befand sich der Kerker in einer Burg?
10. Was ist die wichtigste Waffe eines Ritters?

Drei Fragen müssen richtig beantwortet werden. Für jede richtige Antwort gibt es einen Zettel mit einem Hinweis, der zu dem versteckten Schatz führt. Viel Spaß beim Verstecken und Suchen!

Römer-Ritter-Rauschenburg

Festival bei der Rauschenburg an der Lippe

Römer-Ritter-Rauschenburg

An der Rauschenburg in Olfen an der B235 treffen Besucher auch heute noch auf die Ritter. Der Platz um die Rauschenburg und den Spargelhof Tenkhoff ist noch in unserer heutigen Zeit die einzigartige Kulisse für den großen Ritter-Römer-Rauschenburg-Event, der dort regelmäßig stattfindet und bei dem edle Ritter auf die alten Römer treffen, weil es Römerfunde nahe der Rauschenburg gegeben hat und Olfen ein Teil der Römer-Lippe-Route ist.

Premiere des Festes „Römer-Ritter-Rauschenburg" war am 24. Juni 2012, als der Veranstalter, der Spargelhof Tenkhoff, im Rahmen des Wasserfestivals „Treibende Wasser" in Olfen, Haltern am See und Datteln, zum gemeinsamen Feiern bei der Burgruine Rauschenburg lud. Im Jahr darauf fand „Ritter-Römer-Rauschenburg" erstmalig als zweitägiges Familienfest auf der Lippewiese beim Spargelhof Tenkhoff statt. Gemeinsame Veranstalter waren diesmal der Spargelhof Tenkhoff und die Stadt Olfen.

Von daher gab es Anfang Juni des Jahres 2013 wieder eine Premiere zu feiern.

Bereits zur ersten Premiere 2012 waren die Ritter von Bram dabei. Nachdem auch 2013 der ehrwürdige Marktvogt Graf Wolfram I. von Rauschenburg den Mittelaltermarkt mit einem festlichen Umzug eröffnete, sprach er zum anwesenden Volk. Für die Kleinen und Großen des Volkes hatte er edle Ritter und noble Edelleute, heitere wie sangesfreudige Musici, weitgereiste Händler und beliebte Speisenzubereiter mit vortrefflichen Köstlichkeiten, und darüber hinaus römische Legionen zur historischen Ruine der Rauschenburg gerufen, um das große Fest zu feiern. In dem märchenhaften Ambiente rund um die Rauschenburg gab es viel zu erleben. Heerlager, Ritterspiele, Römerlager, ein buntes Kinderprogramm mit mittelalterlichen Spielen, beliebte Märchen und vieles mehr. Die Ritter von Bram führten dem anwesenden Volk die eindrucksvollen Darbietungen ihrer Kampfeskünste mit dem Schwert, der Streitaxt und anderem Kriegsgerät vor. Auch die Bildung kam nicht zu kurz, denn der interessierte Besucher erfuhr, welche besonderen Dinge dem Ritter damals zur Verfügung standen. Damit jeder sorgenfrei das Fest feiern konnte, stellte der aufrichtige und starke Hauptmann Alexander Eisenhand die Marktwache und sorgte dafür, dass keine Beutelschneider, Langfinger oder ähnlich finstere Zeitgenossen ihr Unwesen trieben. Wäre er eines verdächtigen Gesellen habhaft geworden, so hätte er diesen unverzüglich der Gerichtsbarkeit überstellt, und dieser wäre direkt verurteilt worden.

Da das große Festival aber ohne Probleme und sehr gut verlief, dürfen wir alle uns schon bald wieder auf das nächste große Lippefest freuen, mit dem immer wieder spannenden Motto „Römer-Ritter-Rauschenburg".

Larissa, Sebastian und Alexander

Märchen

Märchen verzaubern, beeindrucken, fesseln...
Märchen sind lieblich, grausam und gemein... Märchen zählen zu einer bedeutsamen und sehr alten Textgattung in der mündlichen Überlieferung und treten in allen Kulturkreisen auf, um von ihnen zu lernen.

Sind Märchen überaltert und passen nicht mehr in unsere Zeit, oder dürfen wir sie heute noch mögen? Können wir auch heute noch von ihnen lernen?

Der Begriff „Märchen" ist die Verkleinerungsform der mittelhochdeutschen Maere, was „Kunde, Bericht, Nachricht" bedeutet. Märchen sind Prosatexte, die von wundersamen Begebenheiten berichten.

Märchen haben eine Reise in die eigene Seele zu bieten. Man hat die Möglichkeit, sich mit dem Inhalt des Märchens innerlich auseinanderzusetzen und für das Leben Lehren daraus zu ziehen oder anderen zu vermitteln.

Märchen verkörpern einen wunderbaren Gegensatz zur Schnelllebigkeit unserer heutigen Zeit. Da Lebensweisheit transportiert wird, ist es auch heute noch sinnvoll, von ihnen zu lernen. Sie können eine Orientierung im Leben bieten. Zum Beispiel, wenn wir lernen, dass auch die kleine Geldbörse reicht, um glücklich zu sein und die große uns Unglück bringen könnte. Märchen sind ein Land voller Zauber. Märchen wissen, dass einzig die Liebe die Kraft besitzt, glücklich zu machen, denn sie trägt uns auf Flügeln über Berge, Täler und Meere in das Land voller Zauber und Träume. Es gibt eine Lebenszeit für die Liebe. Mehr Zeit hat man nicht. Bei meinen Lesungen habe ich beobachtet, dass die Eltern den Märchen genauso fasziniert lauschen, wie die Kinder. Manch einem wurden sogar Tränen entlockt.

Wenn es um die Märchen der Brüder Grimm geht, denkt man unwillkürlich an die Klassiker wie *Schneewittchen* oder *Dornröschen*. Märchen enden glücklich. Doch die beiden haben viel mehr geschrieben - auch Märchen, die nicht in das herkömmliche Raster passen. Jemand, der

Märchen als brutal verstehen will, da manche Mär gnadenlos erscheint, z. B. wenn der böse Wolf bei *Rotkäppchen* Wackersteine in seinen Bauch genäht bekommt, oder die böse Hexe aus dem Märchen *Hänsel und Gretel*, von Gretel in den Ofen geschoben wird, - was alles ein nicht minder gnadenloses Vorhergeschehen hat -, wird der Intention dieser Aussagen nicht gerecht. Vielleicht sollte man den Zeitpunkt, wann man diese Art Märchen den Kindern vorliest, insofern günstig bestimmen, dass man es nicht vor dem Gute Nacht-Kuss und „Nun schlaf schön und träum süß" tut. Doch auch diese brutalen Märchen haben ihre Berechtigung, denn sie fordern in ihrer Symbolik dazu heraus, die fürs wahre Leben unnatürlichen, unschönen und schlimmen Dinge auszuhalten, die eigenen Gefühle darüber kennenzulernen, zwischen *Gut* und *Böse* bzw. *dem Überleben zugetan* oder *abtrünnig zu sein*, zu differenzieren und so manche Gefahr in der Wirklichkeit möglichst zu vermeiden. Man erkennt, dass jemand vermeintlich Stärkeres - *Hexe* -, der einem selbst oder jemand anderem Böses will, sich damit keinesfalls durchsetzen, oder über einen siegen muss.

Man hat immer die Möglichkeit, sich zur Wehr zu setzen oder Nothilfe zu leisten – genauso, wie die böse, nach Hänsels Leben trachtende Hexe, von Gretel in den Ofen befördert wird.

Märchen verzaubern, beeindrucken, fesseln. Darum finde ich es gut und wichtig, den Märchen in unserer Zeit Raum zu geben. Das Wunderbare und Mystische an den fantastischen Geschichten ist, dass in Märchen die Unsterblichkeit schlummert. Denn der Möglichkeit, über die Zeiten hinaus zu existieren, wird Raum gegeben: Und wenn sie nicht gestorben sind, dann leben sie noch heute...

„Wenn du intelligente Kinder willst,
lies ihnen Märchen vor.
Wenn du noch intelligentere Kinder willst,
lies ihnen noch mehr Märchen vor."

Albert Einstein

Sagen

Eine Sage ist eine auf mündlicher Überlieferung basierende, kurze Erzählung, deren ursprünglicher Verfasser in der Regel unbekannt ist. In ihrer Art ist sie dem Märchen und der Legende ähnlich, wenn sie von fantastischen, die Wirklichkeit übersteigenden Ereignissen berichtet. Sagen sind von ihrer Entstehung her mit realen Begebenheiten, Personen- und Ortsangaben verbunden, so dass ihnen der Eindruck eines Wahrheitsberichtes anhaftet. Bei den Wandersagen haben verschiedene Völker und Kulturen häufig fremde Inhaltsstoffe und exotische Motive für ihre eigenen Sagen übernommen und sie mit ihren persönlichen landschaftlichen und zeitbedingten Eigentümlichkeiten und Anspielungen vermischt.

Entscheidend wurde der Begriff der Sage durch die Brüder Grimm geprägt. Das Grimm'sche Wörterbuch, *Bd. XIV, 1893,* spricht von der *Kunde von Ereignissen der Vergangenheit, welche einer historischen Beglaubigung entbehrt".*

Ferner von *„Naiver Geschichtserzählung und Überlieferung, die bei ihrer Wanderung von Geschlecht zu Geschlecht durch das dichterische Vermögen des Volksgemüts umgestaltet wurde.* Hierbei greifen subjektive Wahrnehmung und objektives Geschehen dermaßen ineinander, dass übernatürliche, unglaubhafte Begebenheiten den Wesenskern einer Sage bilden. Es besteht also nicht allein das Subjektive. Auch eine objektive Annahme hat ihre Berechtigung.

Sagenhelden werden benannt, und wie im Märchen gehört die Vermenschlichung von **Pflanzen** und **Tieren** zur Sagenwelt. Auch übernatürliche Wesen wie Zwerge, Feen, Elfen und **Riesen** sind in der Sagenwelt zuhause.

Anders als beim zeitlosen Märchen - *Es war einmal...* - mit den allgemeinen Ortsangaben, wie z. B. dem Wald, Brunnen, der Hütte und den typischen Märchenfiguren, wie König, Prinz, Prinzessin, Stiefmutter, Hexe…, sind bei der Sage tatsächliche Ereignisse, Lokalitäten und Persönlichkeiten vorhanden. Diese, im Nachhinein fantastisch ausgeschmückt und gestaltet, wurden Anlass für die Erzählung der Sage.

Damit steht der Realitätsanspruch der Sage über dem des Märchens.

Weil zum Dreigestirn noch eines fehlt, sei hier die Legende noch angeschlossen. Legenden sind Erzählungen, zumeist in erhöhender Weise, über Begebenheiten oder Leben und Tod von Personen. Sie muten an, dass es sich um unzutreffende Tatsachenbehauptungen handelt. Manche Legenden aber können einen Kern von historischer **Wahrheit** enthalten. In bildhafter oder szenischer Erzählform suchen sie den Kern einer Tatsache oder den Sinn eines Geschehens zu vermitteln, auch wenn die jeweils erzählte Geschichte **quellenmäßig** unverbürgt ist.

Danke

An dieser Stelle möchte ich mich bei denjenigen bedanken, die mich bei der Anfertigung dieses Buches unterstützten und mir Quellen und Bilder zur Verfügung gestellt haben.

Baeredel, Dortmund;

Heimatverein Olfen e.V., Olfen;

Norbert Meyer, Ritter von Bram; Dortmund;

Katharina Skraban;

Aloys Tenkhoff, Halle;

Spargelhof Tenkhoff, Olfen;

Bernhard Wilms, Studiendirektor a. D., Olfen.

Nachwort

Hiermit beende ich die Reise in die Vergangenheit und in die Welt aus Phantasie und Mystik. Ich freue mich, dass mich, obwohl es zahlreiche Schlösser und Burgen gibt, gerade die Rauschenburg dazu inspirierte, ihre Geschichten und Märchen aufzuschreiben. Die Rauschenburg liegt romantisch-verwunschen in einer Gräfte am Fluss, umgeben von naturnahen Wäldern, Wiesen und Feldern, im Herzen des Münsterlandes.

Es hat mir sehr viel Freude bereitet, für alle interessierten Leser und Leserinnen, die alten märchenhaften Pfade rund um die Rauschenburg zu beschreiben, und die Geschichten um die, längst in wild romantischen Zustand versetzte Burg, in diesem Buch aufzuschreiben. Meine berühmten Namensvettern, die Brüder Grimm, ließen einst ihre gesammelten Märchen von ihrem Märchenschloss aus um die Welt gehen. So wie sie die Sababurg im Weserbergland als Dornröschenschloss auserkoren, in dem das

Dornröschen hundert Jahre schlief, um danach endlich von ihrem Prinzen wachgeküsst zu werden, hat sich mir die Rauschenburg märchenhaft erschlossen. Deshalb wurden auch an diesem Ort Prinzessinnen und Prinzen lebendig, die sich küssten… Auch mutige Ritter und darüber hinaus eine ganze Schar von bunten Märchengestalten, die ich meinen Lesern nicht vorenthalten möchte, erschienen an diesem historischen Platz. Wie es bei märchenhaften Geschichten der Fall ist, sind deren Namen jedoch frei erfunden.

Rittergeschichten ist ein Buch für die kleinen und großen Märchenliebhaber und die, die es werden wollen. Erwachsene könnten während des Lesens der Geschichten auf vergangene Erfahrungen zurückblicken und die Message eines Märchens als eine Erkenntnis verstehen, die vielleicht beim Lösen eines vergangenen Problems hilfreich gewesen wäre. Die Kleinen lernen die tieferen Botschaften von Märchen gleich von der Pike auf. Das Märchenlesen sollten wir uns erhalten.

Sabine Grimm

Die Windschaukel

Am rauschenden Fluss
schaukelt das Kind
im Rauschenburger Wind.

Inhaltsverzeichnis

Vorwort	4
Der dritte Ritter und der verborgene Schatz	10
Der Fluch des Drachen	40
Himmelsgold	59
Die drei Ringe	65
Tischsitten im Mittelalter	73
Die Rauschenburger Ritter	76
Vom Knappen zum Ritter	79
Es war einmal	82
Ritterspiel um den versteckten Schatz	86
Römer-Ritter-Rauschenburg	88
Märchen	93
Sagen	97
Danke	100
Nachwort	101
Inhaltsverzeichnis	105
Bilderverzeichnis	106
Quellenverzeichnis	108

Bilderverzeichnis

Die Rauschenburger	3
Rauschenburg; Hofladen Tenkhoff	7
Burg und Ruine Rauschenburg v. 1908	8
Valentin und Charlotte	9
Die alte Buddenburg an der Lippe	33
Titus und Christina	39
Drache	52
Himmelsgold	58
Drei Ringe	64
Rittermahl auf der Burg 2013	72
Rauschenburg	75
Ritterschlag	78
Die Ritter von Bram vor ihrem Lager	81
Die Ritter von Bram beim Schaukampf	85
Ritter-Römer-Rauschenburg 2013	87
Larissa, Sebastian, Alexander 2013	91
Hänsel und Gretel	92
Rauschenburg – Die Windschaukel	103

Sabine Grimm 111
Rauschenburg 113
Schloss Buddenburg alt und neu;
abgebrochen in Lünen 1977 114

Coverbild: *Tanz in Flammen*

„In bunten Bildern wenig Klarheit,
viel Irrtum und ein Fünkchen Wahrheit."
Goethe

Faust I

Vorspiel auf dem Theater

Quellenverzeichnis

Veröffentlichte Bilder mit freundlicher Genehmigung von:

Aloys Tenkhoff, Halle
Burg und Ruine Rauschenburg, v. 1908   S. 8

Coverbild: Gemälde der Rauschenburg aus dem Familienschatz der Familie Tenkhoff.

Familie Tenkhoff, Hofladen,
Dattelner Straße 84, 59399 Olfen,
Tel: 0049 (0) 2363/31942.

Mailto: info@tenkhoff.de

www.tenkhoff.de

Freie Ritterschaft von Bram e.V.
Ritter der Grafschaft und freien Reichsstadt
Dortmund:

Marktvogt Wolfram I. von Rauschenburg   S. 78
erhebt den
Knappen Michael von der Rauschenburg
an der Lippe in den Ritterstand.

Lager der freien Ritterschaft von Bram   S. 81
vor Burg von Bentheim.
Zu sehen v. l. Wachhauptmann Alexander
Eisenhand,
Ritterbruder Wieland von Hombroike und
Scherge Linhardt; Fotograf: Erich Küpers.

Schaukampf - Rollen/Akteure: S. 85
Ritterbruder Wieland von Hombroike
und Graf Adolf II. von der Mark beim
freundschaftlichen Waffengang; Knappe
Heinrich von Lichterfelde schaut zu.
Fotograf: Schatzmeister Sascha Schlüter.

Literatur

Ritter, Bürger, Bauersmann; Heinrich Pleticha

Einführung in die Sagenforschung, 3. Aufl., UVK-Verl.-Ges., Konstanz; Leander Petzoldt

Das Antwortbuch der Geschichte, Elting/Folsom

Deutsches Wörterbuch, Jacob Grimm und Wilhelm Grimm

Historischer Stadtführer, Datteln; Theodor Beckmann; Ingrid Breuer; Reiner Erpenbeck; Thomas Mertens; Gertrud Ritter; Anne Stahl

Archiv Freiherr von Twickel zu Havixbeck Bestand Rauschenburg

Sabine Grimm

www.sabine-grimm.de

www.readers-feeling.de

Kultur hilft,
Würde zu bewahren
und Wandel zu bewältigen.

Rauschenburg © SG

Schloss Buddenburg

Die alte Buddenbu[rg]

Schloss Buddenbur[g]

Bücher aus der Reihe „UNRUHIGE ZEITEN" Sabine Grimm

Band 1
Unruhige Zeiten:
Der lange Weg der Rittersleut',
in die moderne, neue Zeit

Band 2
Unruhige Zeiten:
Burg Wilbring – Heimat des Hexenwahns?

Band 3
Unruhige Zeiten:
Die Herren von Frydag zu Buddenburg

Band 4
Unruhige Zeiten:
Der Buddenburg-Mord

Band 5
Unruhige Zeiten:
Tragödie von Niering

Band 6
Unruhige Zeiten:
Die Buddenburger – Zeitzeugnisse

Band 7
Unruhige Zeiten:
Adelslinien – Die Herren von Frydag

„Impressionen – Schloss Buddenburg",
reich bebildert, mit Sprüchen und Lebensweisheiten
ausgewählt von Sabine Grimm

„Impressionen – Schloss Löringhof",
reich bebildert, mit Sprüchen und Lebensweisheiten
ausgewählt von Sabine Grimm

„Impressionen – Schloss Wilbringen",
reich bebildert, mit Sprüchen und Lebensweisheiten
ausgewählt von Sabine Grimm

„Geschichte & Impressionen – Burg Henrichenburg",
reich bebildert mit Sprüchen und Lebensweisheiten
ausgewählt von Sabine Grimm

„Sternschnuppen Schatz Sagen"
Verborgene Schätze in Westfalen
Schatzsagen und geheimnisvolle Orte

Diese Bücher sind deutschlandweit über den Buchhandel zu beziehen, teils auch in Canada und Amerika.

Neue Grimms Märchen 2014

Burggeschichten zum Vor- und Selbstlesen

Rittergeschichten zum Vor- und Selbstlesen

Poetische Burggeschichten zum Vor- und Selbstlesen

Dramatische Burggeschichten zum Vor- und Selbstlesen

Romantische Burggeschichten zum Vor- und Selbstlesen

Phantastische Burggeschichten zum Vor- und Selbstlesen

Reich bebildert in bunt und s/w.

Sabine Grimm